Juliette Bonenfant   Pascal Rohart

Duos confinés

Mars-Mai 2020

Un grand merci à la folie !

Celle de Sébastien, qui nous a lancé une perche et soutenu tout au long du projet.

Celle de Delphine et Yann qui partagent nos vies et nos envies !

Aux Armateurs qui nous supportent et nous transportent !

A tous ces fous qui nous écoutent, nous aiment, nous encouragent, nous secondent, nous inspirent, nous énervent, nous font rire...

Bref, tous ceux à qui nous devons ce livre et à tous ces fous qui enfièvrent ces textes !

Préface

En mars 2020, la France toute entière était plongée dans un confinement inédit et mortifère à notre liberté et à notre imagination. Là, les acteurs du collectif "Les Armateurs" étaient, comme c'était le cas pour une grande majorité d'artistes dans le monde, interdits et empêchés. Avant tout, ils étaient seuls, et notre projet qui devait se jouer en mai était reporté à un "plus tard" très incertain. Le bec dans l'eau et dans cette incommensurable distance qui nous séparait les uns des autres, j'ai eu la timide intuition que nous pouvions correspondre par l'écriture, et que cela permettrait peut-être d'agrémenter nos visioconférences où le plaisir à se "retrouver" était voilé aussitôt par la prise de conscience de ce que nous étions, en réalité, si éloignés. Aussitôt, la plupart d'entre eux se prêtèrent au jeu, tout en se disant "ben, pourquoi pas ?!" ... Ils n'avaient, pour beaucoup, jamais fait cela.

Le principe d'écriture était simple et clair : une première réplique était lancée, proposition à laquelle l'autre "répliquait" et ainsi de suite... C'est un peu comme s'ils improvisaient sur scène, en direct, à la différence que chacun pouvait méditer secrètement sa réponse. Aussi, il était impossible de savoir où mènerait l'exercice, et j'avais aussi interdit de communiquer au sujet de ce qui était en train de s'écrire. L'idée était de construire à chaque fois une relation exclusive par l'échange de répliques et par l'écriture à "quatre mains". Une sorte de bulle relationnelle, parfaitement libre et indépendante, le temps de quelques répliques et au plus fort du confinement.

De cette écriture où l'on se cherche, où chacun tente de deviner le projet ou l'envie de l'autre, il s'en ressent forcément un désir de savoir, une écoute curieuse et très attentive du partenaire... un peu comme dans une entreprise amoureuse de séduction. Un peu plus tard, les protagonistes de ces duos me confièrent que l'exercice devenait parfois frénétique et impulsif, sollicitant l'un et l'autre à n'importe quelle heure du jour et de la nuit... à la manière d'une respiration nécessaire en quête d'un oxygène rare, comme il en va de l'envie de jouer sur scène, de faire du théâtre, de se transposer dans un ailleurs ou vers un "autre soi-même"...

C'est ici que nos deux acteurs/auteurs entrent en scène et, s'engagent dans une relation fictive avec laquelle ils s'amusent dans l'espace et le temps d'un exercice subtil et libre. Ils se jouent d'une relation conflictuelle, ils s'étreignent ou se repoussent, ils s'aiment aussi beaucoup. En bref, ils composent chaque jour de cette longue réclusion sanitaire avec le plaisir de n'être pas tout à fait soi-même. Ces deux-là, Juliette et Pascal, n'ont pas fait autre chose que de se rencontrer par l'écrire, comme on se rencontrerait amoureusement un soir, et de ce coup de foudre à l'encre de chine, il naîtra une foultitude de petits ébats.

Dans "On s'connaît ?!" ils se découvrent un lien... un truc qui les unit et qui vient de loin. Avec "Le discours", ils passent de la pleine rhétorique au rapport charnel... dans un désir féroce et fiévreux d'écrire plus fort, plus grand et sans complexe... Et puis nous rions de bon cœur, car c'est aussi cela leur force : "3 jours" est sordide et cocasse à souhait... et pathétiquement drôle. Avec "La fugue", ils prennent l'air et se rêvent déconfinés avant l'heure, mais c'est pour nous dire finalement une toute autre vérité, sombre et pesante... Dans "Monde de fous", le duo s'émancipe follement. Puis, avec "Ça cache quelque chose" on perçoit l'influence du cinéma et du théâtre d'horreur - mais avec humour toujours - avant de s'en prendre avec style et drôlerie aux bigotes dans "L'insolent". "Parfait" est délicieusement imprévisible et cache un fond de vérité pour tout à chacun. Avec les "Folles années" ils retournent dans le dur, dans le vrai du couple et du temps qui passe... mine de rien, tout en vérité et avec une simplicité si rare. Dans le croustillant "13 à table", il est question de la famille, et de mathématiques ! "Bonne fête papa" ou la promesse d'un ascenseur émotionnel est si pur, alors que "Rocco" tient ses promesses et porte bien son nom, pire encore que la "légende" mais si drôle, toujours. Dans "Liberté" ils arrivent encore à nous surprendre sur le thème de l'amitié et du temps qui passe quand dans "Les bagages" il est question d'Amour avec un grand "A" (comme Alcool !). Et si dans "L'oubli" il était question d'un peu plus que de l'oubli... et si le duo d'auteurs devenait inséparable, à la vie à la mort...

Enfin bref, toute une flopée de petites scènes cocasses et si étonnements drôles, une traversée de vies imaginées par deux auteurs/acteurs qui avant d'être confinés ne savaient même pas qu'ils étaient sur le point de produire tout cela. Comme quoi cette saloperie de virus aura eu du bon dans notre malheur à tous, et j'aime à lire ce recueil comme une réponse instantanée à tous ces morts que nous pleurons encore et dont on calculait le nombre chaque jour à la télévision.

A l'heure où nous publions, l'épidémie sévit encore et nous continuons de compter les décès. Mais nous luttons aussi, et avons retrouvé le chemin des planches, non sans difficultés. De cette expérience, et de toutes ces scènes partagées, notre collectif en est sorti grandi, et plus fort. C'est à croire que les mots ont ce pouvoir-là : nous sortir de notre condition, nous rapprocher, nous faire nous aimer un peu plus, un peu mieux. Alors, faites comme moi et parcourez sans bouder votre plaisir les aventures de ces personnages. Ils n'auront de cesse de vous parler et surtout de vous surprendre. Ils sont là pour nous rappeler le sens de la vie, ses plaisirs, ses déboires et ses drôleries. Ils sont la mémoire d'une époque. Ils sont à l'isolement et à la mort une juste réponse, sans concession, et surtout et d'abord, un bel hommage à la Vie.

Sébastien Lenglet

Metteur en scène,
Professeur aux
Conservatoires de
Dunkerque et Lille

On s'connaît ?

Une femme et un homme, dans la rue.

Elle : Bonsoir Monsieur...

Lui : (étonné) Bonsoir... (puis détourne le regard)

Elle : (hésitante) Pardon... excusez-moi de vous aborder ainsi mais... j'ai l'impression de vous connaître... je me trompe ?

Lui : Ohhh, l'autre... le plan drague à deux balles...

Elle : Oh ! Mais enfin... pas du tout... je ne suis pas ce genre de femme, Monsieur.

Lui : Et elle insiste... mais lâche-moi... mocheté !!

Elle : Mais... mais... je n'insiste pas du tout... quel mufle vous êtes ! et vous vous croyez beau peut-être ?

Lui : Mais pourquoi elle me parle... (se tournant vers elle) je t'ai rien demandé... tu m'accostes, tu me dragues et mainten... mais... mais... on s'connait non...?

Elle : Pfffff... je ne sais pas... je ne sais plus... vous êtes si méchant !

Lui : Ah mais non... enfin si... mais non, je n'avais pas envie d'être importuné...

Elle : Ah ben c'est bien ça... vous essayez de vous rattraper, je le vois bien... il ne faut pas vous forcer surtout...

Lui : Non, non mais... c'est que, à vous regarder de plus près... votre tête... me dit quelque chose...

Elle : Et bien moi aussi... c'est ce que je me disais... mais quant à savoir où et quand... je ne saurais dire...

Lui : Ah bah, on est d'accord... la tête oui mais... j'ai pas de contexte... (parlant plus bas) et pas forcément mon genre en plus...

Elle : Mais vous concernant, j'ai souvenir d'un nom bizarre... vous ne vous appelez pas Marc-Aurèle ou quelque chose comme ça ?

Lui : Ohhhh... mais oui... enfin non... enfin merde... ça fait une éternité que... mais... vous êtes qui, vous ?

Elle : Oui... et bien... que dire... je m'appelle Nathalie, j'habite dans le quartier, je suis psychologue... vous n'êtes pas un de mes anciens patients quand même ?!

Lui : Nathalie... Nathalie la psychologue... non... ça ne me dit rien de bon... Nathalie la coiffeuse, Nathalie l'esthéticienne, Nathalie la serveuse du Bomba Club... oui... mais Nathalie la psychologue, non... (silence) allez voir un psy... nooooonn, t'es dingue ou quoi ?!

Elle : Bon... bon... en même temps, je n'ai pas toujours été psychologue...

Lui : Serveuse...? Je tourne pas mal dans les bars, ça pourrait expliquer...

Elle : Pourquoi ? Tu es musicien ?

Lui : Oui ! Ça te revient ?!

Elle : J'ai été serveuse pendant mes années d'étudiante, je travaillais au Macumba. Il y avait pas mal de groupes qui venaient jouer...

Lui : Possible qu'on se soit rencontré à ce moment mais ça n'explique pas... comment tu connais mon véritable prénom... Marc-Aurèle...?

Elle : Oui... non... je ne sais pas... (un temps) ce n'est pas possible... je me souviens... oui, ça me revient... comment est-ce possible ? Regarde-moi ?

Lui : Hein ?! Quoi ? Qu'est-ce que...

Elle : Depuis longtemps, j'ai l'impression de

ne pas être entière, comme s'il me manquait une partie de moi-même... n'as-tu jamais ressenti cela ?

Lui : Hein, qu'est-ce que tu racontes ? Je ne comprends pas... (un temps) enfin si, un peu... difficile à dire... (un temps) dans une fête de famille, un soir, un oncle, complètement bourré, m'a raconté, que j'avais été séparé. Il s'est fait engueuler par ma tante et ça s'est arrêté là... je n'ai pas compris ce que ça voulait dire mais ça m'a toujours turlupiné... ça fait un peu le même effet, non...? Quelqu'un de pas complètement fini en quelque sorte...

Elle : Oui, c'est ça... c'est tout à fait ça... (un temps) il y a quelques années, quand ma grand-mère est morte, j'ai trouvé dans ses affaires une photo prise à ma naissance... sur cette photo, il y avait deux bébés... au dos étaient inscrits deux prénoms... (un temps) Nathalie et... Marc-Aurèle...

Lui : Deux bébés... deux prénoms...? Tu veux dire que... tu penses que... toi et moi, on serait... (un temps, la dévisage) en fait... finalement... t'es pas si moche...

Le discours

Un homme et une femme.

Elle : Alors, et ce discours ? Tu avances ?

Lui : Bien sûr, oui... en tout cas, j'ai l'idée principale, j'ai quelques mots forts aussi que je voudrais placer... mon fil conducteur est presque bouclé... j'ai l'intention que je veux y mettre... la musicalité et la tonalité... oui, je ne voudrais surtout pas être plombant... ce serait dommage... oui, ça avance... je peux dire que ça avance...

Elle : Ouais... j'ai compris... t'as pas écrit une ligne, c'est ça ?

Lui : Pas une ligne ? Oh, tu exagères... (un temps) c'est l'idée que tu retires de ma réponse ? Ah, c'est gênant... j'avais pourtant l'impression d'avoir bien noyé le poisson... d'avoir esquissé le semblant de la réponse que tu souhaitais entendre, sans pour autant te donner entière satisfaction... mais en te laissant sur ta faim, dans une sorte d'attente fragile et inconfortable qui faisait de moi, le... seigneur... de notre échange... te laissant un peu naïvement suspendue à mes paroles et même de manière plus sensuelle, à mes lèvres... il me semblait que je sois soudainement devenu, entre nous, un maître en maniement de la langue de bois... bon, un maître apparemment plus ou moins habile... et du coup, je peux dire que... tu me déçois beaucoup...

Elle : Avec toi, j'ai appris à lire entre les lignes, à me méfier de tes beaux mots... et de ta douce poésie pour mieux endormir ma méfiance... alors oui, je t'ai à l'œil !

Lui : Mais c'est là que ça devient magique ! Lorsqu'au moment où tu penses qu'enfin, je vais te révéler le tellement attendu et espéré instant fatidique de notre échange... verbal, je précise... (il pouffe) mais qu'au contraire, je t'emmène dans des contrées d'ennui, d'une lassitude désespérante et sans fin, et qu'inlassablement tu t'accroches à ma verve saillante avec cet espoir non dissimulé qu'à un moment, je lâcherai le morceau... oui, ces beaux mots ! Oui, cette douce poésie ! Oui, je prépare mon discours tellement attendu ! Oui, oui, oui !!!!

Elle : Oh la la... il va se calmer tout de suite celui-là avec sa verve saillante... on garde les pieds sur terre mon coco... c'est un discours, pas une déclaration d'amour !

Lui : Mais tous les discours devraient être des déclarations d'amour ! Tu m'inspires... non, non, je ne vais pas me calmer... je ne te préparerai pas un discours long et ennuyeux, mais, une déclaration d'amour... que dis-je ?!? une déclamation d'Amour... rythmée par une verve saillante... cinglante... et même... sanglante !

Elle : Oh mon dieu ! Ton lyrisme commence sérieusement à m'inquiéter ! Je ne sais pas si je dois te laisser faire ou t'arrêter avant qu'il ne soit trop tard... promets-moi de faire preuve d'un peu de retenue... d'accord ?

Lui : Impossible ! Comment freiner le cheval au galop ?! L'animal en rut ?! Non, il est trop tard ma belle... l'Amour m'appelle... ma plume frétille, l'encre bave au son de mes pas... ce discours sera Amour ou ne sera pas, ainsi j'en ai décidé, ainsi il en sera...

Elle : J'apprécie ton enthousiasme, ton chaleureux emportement, dirais-je même... et je ne voudrais pas t'arrêter dans ta course folle à la conquête de l'Amour... mais quand même... tu devras lire ton discours devant un public... assez nombreux... et peut-être pas aussi... euh... comment dire... positif... romantique... que tu ne l'es...

Lui : Mais c'est justement cet enthousiasme, cette chaleur, cet emportement qui va enfiévrer mon public... l'Amour, l'Amour... mais parlez-moi d'Amour ! Dites-moi des choses tendres ! Un public qui vient écouter des discours a aussi droit à l'Amour, au romantisme... cet Amour dont il rêve, celui qu'il espère, qu'il attend parfois toute sa vie... je vais lui offrir ! L'Amour spirituel... l'Amour physique... tout ça dans mon discours... je veux un public qui jouit !

Elle : Alors c'est sûr que le public va apprécier le voyage... ils ne vont pas regretter d'être là... ça... ils ne seront pas venus pour rien... ils vont se prendre ton ardeur et ta fougue en pleine figure... ouais... en pleine figure...

Lui : Ah... mais tu salis tout... je te parle de communion, de stimulation, d'interaction... d'échanges... de fluides... de dons... d'orgasmes... l'Amour ne pourrait se limiter à une éjaculation faciale ! (un temps) Mais tu as raison... mea-culpa... mon public ne jouira pas... il se contentera des préliminaires...

Elle : Non... ce n'est pas ça... mais bon... tu vois... pour leur anniversaire de mariage... j'avais pensé à quelque chose de plus sobre... ce sont nos parents quand même...

3 jours...

Un couple dans une maison bourgeoise.

Elle : 3 jours... c'est tout ce qu'il nous reste...

Lui : Quelle horreur... je ne sais pas comment nous allons les gérer... 3 jours... c'est passé tellement vite...

Elle : Et dans quelles conditions en plus ? Je suis déjà facilement stressée... alors là...

Lui : Ton stress ne va pas nous aider... calme-toi s'il te plaît... bon... il nous faut optimiser... oui, c'est ça, op-ti-mi-sons !

Elle : Je sais bien... mais comment ne pas paniquer ? Et surtout, par où commencer ?

Lui : Oui, par où commencer ? Sans paniquer... surtout ne pas paniquer... toute panique serait stérile et ne nous aiderait en rien... donc on va commencer par... (un temps, reprend son souffle) se calmer...

Elle : Oui, tu as raison. Je me calme, je respire... je débouche un château Margaux et on s'organise ?

Lui : Oui ! Très bonne idée le château ! Bon... on n'est pas mal là... ça commence à s'organiser... bon... on récapitule... 1. on se calme, 2. château Margaux, 3... étape 3... ben alors ? Étape 3...?

Elle : ...3, et bien, on réfléchit ! On réfléchit... on ré... bon, si j'allais chercher du pain et du fromage ? Réfléchir le ventre vide, ça ne donne rien de bon...

Lui : Et bien, on avance là ! Étape 4, on mange... 5, on réfléchit... je ne voudrais pas brûler les étapes et avoir l'air de réfléchir avant de manger... mais... bordel, il nous reste 3 jours !!!

Elle : Oui... oui... c'est vrai... je dois me recentrer... allons à l'essentiel... que faire si les voisins nous voient ?

Lui : Quoi les voisins ? Tu crois qu'il faut s'en méfier ? Je n'y avais pas pensé... pourquoi tu t'en préoccupes soudainement ? Tu leur as parlé ? (un temps, réflexion) Oh, toi... tu leur as parlé...

Elle : Non... non... bien sûr que non... techniquement... non, je n'ai rien dit... mais quand j'ai vu Béa et Serge, hier... nous avons discuté... voilà... de choses et d'autres... et puis une discussion en entraînant une autre... et bien... et bien... voilà quoi !

Lui : Voilà quoi ? Ressers-moi un verre s'il te plaît, je sens que je vais en avoir besoin. Techniquement... tu as vendu la mèche ?

Elle : Non... non... ce n'est pas ce que je dirais... mais c'est possible que je leur ai dit que nous serions... euh... peut-être... euh... absents un ou deux jours... pour régler une affaire personnelle...

Lui : Une affaire personnelle... mais curieux comme ils sont les deux vieux, ils vont nous épier. Tu leur as peut-être donné les dates aussi ?

Elle : Ah ça non ! Je suis restée dans le flou, qu'est-ce que tu crois ! J'ai juste dit que ce serait fin de semaine... mais sans plus de précision... je sais tenir ma langue quand même !

Lui : Ah oui... heureusement qu'on n'est pas prêt sinon ils auraient déjà reçu une invitation ! Bon... pas de panique... organisation, organisation... resserre-moi un verre s'il te plaît. Bon, c'est dans 3 jours, la moitié de la planète est au courant, et à ce rythme, on sera les derniers à être invité !

Elle : Bon... j'ouvre une autre bouteille... tiens, je vais prendre du papier, un crayon et on note... je vais appeler ça : "liste des choses à faire pour les 3 jours à venir"... ou... mmmmmm... "étapes pour réussir vu les 3 seuls jours qu'ils nous restent"... ou...

Lui : "il ne leur restait que 3 jours et ils agissaient comme s'ils avaient toute la vie devant eux..." tu en penses quoi, ça sonne bien non ?

Elle : C'est ça... c'est ça... tu fais le malin ! Tu n'as qu'à proposer quelque chose, toi... par quoi on commence ? Hein ? Et si on agissait de nuit...?

Lui : Il nous restait 3 jours, soudain il nous reste 3 nuits... bon, je propose effectivement de prendre les choses en main. Et pour ne plus perdre de temps, je propose que tu te taises...

Elle : Oh là ! Et tu serais pas un peu culotté ?! Je veux dire... c'est quand même toi qui nous a mis dans le pétrin jusqu'au cou... j'essaye d'aider, moi, je fais ce que je peux !

Lui : Oui, c'est vrai, tu fais ce que tu peux... j'irais même jusqu'à penser que tu n'es pas loin d'atteindre tes limites maximales... tiens, sers moi un verre, ça c'est dans tes cordes.

Elle : Allez... voilà... un petit verre et ça repart ! Ne nous laissons pas abattre ! Dis-moi par quoi tu veux commencer et je trouverai comment faire... je me sens d'humeur créative tout à coup !

Lui : Créative... oh merde, ça se gâte... on ne

s'en sortira jamais... créative, créative... heu... tu avais parlé de fromage... très bien ça... c'est créatif, le fromage...

Elle : En attendant, je fais des propositions, moi ! On ne va pas y passer toute la nuit quand même ! Mais c'est vrai que j'ai la dalle à trop réfléchir... pas toi ?

Lui : Oui, occupe-toi de la bouffe, moi, j'organise... (un temps) bon, j'en étais où là ?

Elle : On est au point de départ... au point de départ je te dis ! Zéro, nada, niet, que dalle ! On n'avance pas !

Lui : Oui, oui ! Tu as raison, on n'avance pas !! Ressers-moi un verre s'il te plaît. Allez, on se ressaisit, on s'organise, on se motive !! Tu peux me passer le pain ?

Elle : Tiens, prends... regarde, j'ai sorti du roquefort et un petit comté 18 mois dont tu me donneras des nouvelles... en tout cas, pour ce qui est de notre affaire... on devrait commencer par voir ce qu'on fait de l'autre... parce que moi, j'ose plus aller dans la cave...

Lui : Oh, merde... avec toute cette organisation, je l'avais complètement oublié... il est dans quel état ?

Elle : fffff... froid, je dirais... alors, ne compte surtout pas sur moi pour aller chercher le sorbet au citron au congélo !

Lui : Tu penses qu'il faut qu'on ait géré ça dans les 3 jours ? Si on le laisse au frais, ça nous laisse un peu de temps non ?

Elle : Ça c'est sûr... et puis ce n'est pas lui qui va nous dénoncer ! On se marre quand même ! Dire qu'il pensait nous avoir... un petit joueur, je te dis, un p'tit joueur ! Je te ressers ?

Lui : Avec plaisir ! C'est vrai qu'on se marre et je te raconte même pas la gueule qu'ils vont faire dans 3 jours ! Putain, mort de rire ! Ah, les cons, s'ils savaient...

Elle : On ne va pas les louper cette bande de... p'tits connards... ces enfoirés de merde... ces chieurs de moule... ces culs de chiasse... ces p'tites bites molles... oh putain... je crois que j'ai un peu trop bu moi...

Lui : Oh putain... tu m'excites toi quand tu parles comme ça !! Viens ici... (il l'attrape par la taille puis se ressaisit) mais à plus tard les parties de jambes en l'air ! Notre destin est entre nos mains ! Ahahah !! 3 jours, 3 jours putain et on verra qui c'est le plus malin !

Elle : Aaaaahhhh ! C'est toi le plus malin ! C'est toi ! On fêtera ça dans 3 jours ! Avec du champagne et tout et tout ! Le grand tralala ! Et on ira dans un grand resto comme tu veux jamais qu'on aille... un truc de riche !

Lui : Attention, t'emballe pas trop vite, ce ne sera pas si simple... avant le resto et tout le tralala, il va falloir être mé-tho-do-lo-gi-que. On va mettre un gros bordel mais il va falloir tout nettoyer derrière nous... ne pas laisser de trace... tout exploser sans laisser de trace... ni vu, ni connu... et paf ! Dans ton cul ! Ahahahah !!!

Elle : Ahahah ! T'inquiète ! J'ai déjà préparé ma Javel et mon décaptou... avec la dose que j'ai, il ne restera aucune trace... j'ai pris aussi des gants Mapa assortis pour toi et moi ! On ne pourra jamais remonter jusqu'à nous avec cet attirail de compét...

Lui : Ahhh, ma fée du logis ! Donc, à priori, on est prêt pour le nettoyage... nous reste le "tout-pétage"... faut que je récapitule... on a le pinard, on a le fromage, l'autre dans le frigo, l'envie de tout faire péter et la javel... j'ai quand même l'impression qu'il nous manque quelque chose...

Elle : Mmmmm... un plan peut-être ?

Lui : Mais oui !! Putain, un plan ! Il nous faudrait un plan, un vrai, un plan d'actions, dans lequel on aurait tout envisagé... tout planifié, millimétré...

Elle : Oui ! C'est ça ! C'est exactement ça ! Un plan sans faille... un plan parfait... que même Derrick et Colombo pourraient pas déjouer...

Lui : Putain... 3 jours... c'est tout ce qu'il nous reste...

La fugue

Deux époux, dans leur maison.

Elle : C'est une fugue !

Lui : Encore...?

Elle : Encore...

Lui : Tu as encore une lettre d'adieu, je suppose ?

Elle : Et oui... et toujours les mêmes paroles larmoyantes...

Lui : Bon, il ne faut pas s'inquiéter alors...

Elle : Non... je ne crois pas... mais quand même... on ne sait jamais, non ?

Lui : Oui, oui... on verra ça dans 2 ou 3 jours... y'a pas l'feu...

Elle : Ah ben t'es rigolo toi... j'te rappelle que la dernière fois on l'a quand même retrouvé dans un sale état...

Lui : On l'a retrouvé... t'as vite dit... on n'avait même pas commencé à le chercher, qu'on nous l'a ramené... et franchement, j'en demandais pas tant...

Elle : Je sais bien que c'est un boulet... ce n'est pas moi qui dirais le contraire... mais à son âge... quand même...

Lui : Tu sais ce qu'en dit Brassens ? Quand on est con... il est majeur, vacciné... on ne peut pas l'attacher, ni l'enfermer... il nous a rien piqué au moins ?

Elle : Oh putain, il manquerait plus que ça... j'vais aller vérifier l'argenterie de tante Sidonie... va voir le liquide dans la commode du bureau...

Lui : L'argenterie ?! Elle est bonne celle-là ! Tu le vois se sauver avec la vaisselle ? C'est bien une idée de bonne femme ça ! Je pensais plutôt au flouze, à ma carte bleue, ma bagnole... des choses pratiques quand on fugue... t'as jamais fugué ou quoi ?!

Elle : Fuguer, moi ? Non... jamais ! Je ne suis pas folle ! Tu m'imagines dormir sous les ponts ?! En même temps, tu n'as jamais dû fuguer non plus, toi... j'me trompe ? Tu aimes trop ton confort !

Lui : Ah, tu te trompes ma poule. J'en ai fait des trucs dans ma vie... gamin, je pouvais disparaître pendant des jours. On n'appelait pas ça une fugue, rien n'était préparé. Ça venait juste comme ça, comme un besoin évident de changer d'air. C'était pas tous les jours facile, tu sais, quand j'étais gamin. Alors je disparaissais, chez un pote, une petite copine, ou sous un pont... dès que changer d'air devenait vital... (un temps) il me fait marrer avec ses "fuguettes 4 étoiles" !

Elle : On se connaît depuis plus de 20 ans... et tu ne me l'avais jamais dit... je ne savais pas... même si, c'est vrai que tu aimes toujours partir à l'aventure... sans rien prévoir... en quête de... de quoi au juste ? De liberté ? De solitude ?

Lui : D'oxygène... de vent... le minimum qu'on puisse se permettre sans demander d'autorisation et que les bourgeois appellent liberté... ça me fait rire...

Elle : Oh... toi... tu ne vas pas vouloir partir quand même... cette fugue ne va pas te donner des idées ?

Lui : Ça fait 20 ans... tant que tu ne m'étouffes pas...

Elle : En tout cas, c'est pas le romantisme qui t'étouffe... ça c'est sûr !

Lui : C'est sûr... en parlant de romantisme... il parle de suicide dans sa lettre ?

Elle : Suicide... je n'irais pas jusque-là... il y

a quelques sous-entendus, je dirais... ça ne m'a pas inquiétée plus que d'habitude... mais j'aurais peut-être dû lire plus attentivement... (un temps) tiens... voilà la lettre... qu'en dis-tu ?

Lui : (un temps) Tellement triste... vivre sans amour... tant de malheur... mouais... faut pas trop s'inquiéter pour le versement de sa pension... dans 3 jours, il sera revenu.

Elle : J'ai un peu de scrupules quand même... je dois peut-être prévenir la police ? Mettre des affiches dans le quartier ?

Lui : Des affiches ? Comme pour les chatons disparus ? Non, non... il sera forcément retrouvé... peu importe l'état dans lequel on nous le ramène... tant que sa pension est versée, pas besoin de bouger...

Elle : Je te trouve peu inquiet... peu concerné... qu'est-ce qui se passe ? C'est ton père quand même... pas le mien !

Lui : Mon père... oui... il est vieux, inutile... l'hospice ne coûterait pas si cher, on ne l'aurait pas sur le dos... mais il nous verse sa pension, ça compense...

Elle : A t'entendre, on dirait que vous ne partagez rien... que vous n'avez pas une histoire commune...

Lui : Mais on n'a jamais rien partagé... c'est pas qu'il était trop occupé, non. C'est qu'on n'était pas connecté tous les deux... j'ai grandi dans le même endroit que lui, il termine sa misérable vie dans l'endroit où je me dépêtre avec la mienne... je crois que notre histoire commune s'arrête là...

Elle : Allez... ne sois pas si pessimiste... moi je trouve que tu t'en sors bien, non ? Et regarde les enfants... ils grandissent bien...

Lui : Oui, tout va bien pour nous. Je ne pense pas être pessimiste... résigné peut-être oui... mais on s'en fout en fait, c'est du passé, je me suis construit avec ces failles, ça a forgé ce que je suis devenu... je ne me plains pas, je constate. Mon père disparaît aujourd'hui, d'une manière ou d'une autre... peu importe... il essaie peut-être d'attirer mon attention... c'est un peu tard, j'ai passé l'âge, et il inverse les rôles... combien de fois... et combien de stratagèmes, j'ai usé pour qu'il s'intéresse à moi ? Sans succès... qu'il aille se faire foutre avec sa fugue, sa lettre... enfoiré !

Elle : Tu as raison... il a eu sa chance... il a eu des enfants formidables... et il n'a pas su en profiter... il n'a pas su voir l'homme merveilleux que tu es devenu... mais c'est un vieil homme aujourd'hui... peut-être mérite-t-il ton pardon ? S'il disparaissait aujourd'hui... n'aurais-tu pas de regret ?

Lui : Non... ça peut paraître bizarre mais il est comme un étranger pour moi... étranger, j'exagère mais pas quelqu'un de proche en tout cas et encore moins un membre de la famille... un pardon ? Non... il n'y a pas de pardon à ne pas écouter, pas entendre même, ses propres enfants... merveilleux, merci mais je ne pense pas... j'ai fait ce que j'ai pu, mais merveilleux non...

Elle : Ne dis pas ça... d'accord ? Ne dis pas ça...

(Un silence, ils se regardent. Le téléphone sonne. Elle se lève et décroche)

Oui ? Oui... oui... oui, c'est bien ça... d'accord, je vous le passe, ne quittez pas... (elle s'adresse à lui)

c'est pour toi... c'est la police... ils veulent te parler...

Monde de fous

Deux femmes, dans une voiture.

Un : Dans quel monde de fous vit-on ?

Deux : Tu dis ça pour moi, c'est ça ?!

Un : Mais tu es folle ? C'est cette agitation permanente, ce remue-méninge incessant... du bruit, du bruit... incessant... mais où va-t-on ma pauvre ? Tourne à droite à l'embranchement.

Deux : J'suis super stressée depuis tout à l'heure... c'est vrai qu'y a un monde de dingue... un bruit de dingue... des cons de dingue... on aurait dû partir plus tôt... (montrant une direction) cette droite-là ?

Un : Mais tu es folle ? On ne pouvait pas partir plus tôt, on devait se laver les cheveux avant le départ. Détends-toi et reste concentrée. Regarde derrière toi, ils te suivent toujours ? C'est dingue, non ?

Deux : Se laver les cheveux... Tu penses vraiment qu'à ton physique et à être élégante... moi j'ai sorti les poubelles et j'ai relu mes notes... (regardant dans le rétroviseur) et oui, cette putain de voiture est toujours derrière nous... je vais prendre à gauche au carrefour, on verra bien s'ils tournent...

Un : On aurait dû emmener les poubelles pour leur balancer à la gueule à ces abrutis... si tu continues à conduire comme ça, je vais te vomir dans les cheveux et il va falloir retourner à la maison pour les laver... suis le bus jaune devant nous, je le trouve bizarre...

Deux : Bizarre ? Le bus ? T'as vu quelque chose ? Il roule super vite en plus... je veux bien le suivre mais t'as intérêt à assurer comme copilote... surtout si je dois continuer à surveiller les andouilles de derrière...

Un : Ohhh, j'n'aime pas les andouilles, je trouve que ça pue... on aurait dû rester à la maison parce que là il y a vraiment trop d'agitation à mon goût... tu sais que je n'aime pas du tout le jaune ? Ohhh, il ne serait pas en train de nous faire des doigts d'honneur le petit au fond du bus ? (elle ouvre la fenêtre et hurle) Fils de pute !!!

Deux : Calme-toi ! On va s'faire remarquer ! La discrétion, c'n'est pas ton fort... on peut pas mener tous les combats en même temps... on ne peut pas surveiller les loustics de derrière et le p'tit con d'en face...

Un : Quels moustiques ? Et pourquoi tu

roules si vite, tu es folle ? Calme-toi, on n'est pas pressé... ça me défrise cette agitation... il est à quelle heure ton rendez-vous ?

Deux : Des moustiques ? Où ça ? Je déteste les moustiques ! Ahhhh, je viens de me faire flasher ! J'ai été éblouie ! Je ne sais pas à quelle heure est le rendez-vous... regarde la convoc...

Un : C'est vrai qu'on est éblouissante... c'est ma nouvelle coloration, bleu libellule... pas mal non ?

Deux : Oh oui, ma chérie, tu ne passes pas inaperçue ! Mais là tu ne m'aides pas beaucoup... j'vais où là ? Avec ce bus, j'ai complètement perdu notre itinéraire...

Un : Mais pourquoi tu t'entêtes à suivre ce bus ? Tu délires complètement ma pauvre chérie... et puis... où est-ce que tu m'emmènes d'abord ?

Deux : Mais si... souviens-toi... on va voir le commissaire Choumi ou Choupi... je sais plus... pour le truc de la semaine dernière au supermarché...

Un : (hurlant) Nique la police !! (un temps) ça sent l'embrouille ton histoire... oh... le petit bâtard au fond du bus vient de te semer... c'est qui Choupi ? C'est un chien ? Et pourquoi tu me parles d'un chien ? (se renifle sous les bras) Tu n'aurais pas un peu de déo ?

Deux : Tu ne veux pas non plus un sèche-cheveux pour te faire un brushing tant qu't'y es ?! Et arrête d'hurler, c'est comme ça qu'on perd en crédibilité... et oui, y'a sans doute des chiens qui s'appellent Choupi mais je trouve ça trop nul comme nom de chien... moi, si j'avais un chien, je l'appellerais Croquette ou Guimauve... c'est mignon, non ?!

Un : Nique la police, j'suis pas une balance... et puis je comprends rien à ton histoire de croquettes et de guimauve... tu m'inquiètes... excuse-moi de te dire ça mais... tu perds la tête ma pauvre...

Deux : Peut-être... c'est vrai que je n'ai pas les idées très claires en ce moment... et puis là, je roule, je roule... je sais même pas où on est... mets le GPS, tu veux... (un temps) cherche l'Institut sainte-Claire, on ne doit plus être loin...

Tu te rends compte ? Un séjour tous frais payés, pension complète et tout le tralala... quand je pense qu'on a gagné le gros lot alors qu'on n'a joué à aucun jeu... le commissaire Chouchou... tu sais, le chauve, avec sa drôle de blouse blanche et ses petites lunettes... il a même dit qu'on aurait droit à des soins et qu'on s'occuperait bien de nous... j'adore les massages et la manucure !!

Brigitte

Un homme, une femme sur un banc dans la rue, regardent une femme, Brigitte.

Lui : Elle s'appelle Brigitte... en tout cas, c'est comme ça que tout le monde l'appelle...

Elle : Brigitte... ça m'étonnerait que ce soit son vrai prénom...

Lui : Quelle belle femme... (un temps) tu crois à ce qu'on dit d'elle ? Que ce serait un mec ?

Elle : Tu déconnes ? Un mec ?! Je n'aurais jamais cru...

Lui : C'est ce qu'on dit... tu sais on fait des choses bien de nos jours... j'ai vu une émission sur la 3, la semaine dernière, bah tu aurais vu ça, on te transforme des hommes en femmes, des femmes en hommes comme pour rire... de la charcuterie... juste par plaisir... mais les gens deviennent fous !

Elle : Et puis quand même... je ne voudrais pas dire... mais, c'est dégueulasse...

Lui : De la perversion, ni plus ni moins...

faudrait pas s'étonner de voir que le monde, il tourne pas rond...

Elle : Mais dans quel monde on vit ! Et tout ça... sous nos yeux ! Cette "Brigitte"... tu te rends compte...

Lui : Dégueulasse... manquerait plus que ça puisse se reproduire ces... ces... ah bah merde... comment ça s'appelle ?

Elle : Des Drag Queens... ? En tout cas, c'est surtout des gros pédés... mais ça, tu ne peux plus le dire... dans ce fichu pays, sans être taxé d'homophobe... ou je ne sais quelle autre connerie de p'tits bourges...

Lui : Mais entre nous, on peut tout se dire, non ? (un temps, semblant attendre une réponse) Espèce de dégénérée, va ! Brigitte... je t'en foutrais moi ! Bah alors, t'as pas dit ? Tu crois qu'ils peuvent faire des gosses ces gens-là ?

Elle : Des gosses ? Des gosses ? Mais comment ça serait possible ?! On ne sait même pas ce qu'ils ont en dessous de la ceinture !

Lui : Bah c'est sûr qu'on ne sait pas trop c'qui fonctionne encore... qu'est-ce qu'ils ont encore dans la culotte ? C'est dedans ? C'est dehors ? C'est les deux ? Ohh comme les escargots hohoho...

Elle : On s'marre bien quand même ! Et puis, ça fait du bien de parler sans langue de bois... mais alors, ta Brigitte, c'est pourquoi qu'tu la reçois ?

Lui : Bah elle est très gentille avec tout le monde dans le quartier... c'est elle qui nous ramenait les courses pendant le confinement... ohhh, elle nous a bien rendu service tu sais...

Elle : Tu rigoles ?! Je vois que quand ça t'arrange, tu es bien content de la trouver Brigitte...

Lui : Non, mais je ne dis pas... franchement, elle est gentille Brigitte... mais c'est ce qui se passe dans sa culotte qui est bizarre... mais bon... ça la regarde hein ? Après on ne sait pas... c'est peut-être que des rumeurs tout ça... je suis pas allé vérifier...

Elle : Oh je te vois venir toi ! T'aurais pas le béguin pour la Brigitte ?! Déjà quand t'étais p'tit, t'avais un petit faible pour les filles comme ça...

Lui : Bah, mais nan, arrête... t'es dégueulasse toi ! Elle rend service, elle est gentille... mais nan... (un silence) j'dis pas... (rougissant) si on était sûr que c'est pas un mec... j'dis pas... mais là, nan... même si, elle est bien réussie quand même... regarde-la... on croirait vraiment que c'est une gonzesse... qu'est-ce qu'elle est belle...

Elle : Te connaissant... tu serais prêt à fermer les yeux pour passer un bon moment... c'est sûr qu'il... ou elle, a un physique avantageux...

Lui : (rougissant de plus belle) Ohhh mais tu rigoles... oh nan... j'aurais trop peur d'avoir une surprise... et si j'me retrouvais avec un mec à poil devant moi ?! T'es pas un peu dingue ?! En femme elle est belle... mais nan... on ne sait pas c'qu'elle cache... faut s'méfier quand même...

Elle : Bah alors qu'est-ce tu cherches avec elle... de l'amour.. ? De la tendresse..?

Lui : (toujours gêné) Nan nan rien... après... si tu peux me garantir que je ne prends pas de risque... que je ne vais pas me retrouver au lit avec un moustachu... j'dirais pas non...

Elle : En même temps, un cul, c't'un cul... non ?!

Lui : (choqué) Ohhh, comme tu parles toi... bah je sais pas... oui peut-être... mais faudrait pas que je le retrouve dans le mien... quand même...

Elle : Mais enfin... l'important n'est pas l'enveloppe extérieure mais la beauté intérieure... ouais... nan, j'déconne !

Lui : Tais-toi, tais-toi, la voilà...

Elle : (s'adressant à Brigitte qui passe devant eux) Bonjour Madame, c'est une bien belle journée, n'est-ce pas ?

Lui : Bah elle ne t'a même pas répondu... elle a peut-être compris qu'on parlait d'elle...

Elle : Oh le gros vent que je viens de me prendre ! J'n'en reviens pas ! Pour qui, elle se prend lui... alors ça parle des droits LGBT... ça parade dans les gay prides... et ça ne sait pas dire bonjour ! Connasse, va !

Lui : oh ben j'en reviens pas... elle qui est toujours bien polie et tout... (un temps, regardant Brigitte s'éloigner) j'espère qu'elle n'est pas fâchée...

Elle : Mais arrête... c'est elle qui nous snobe... (s'adressant à Brigitte) enculé ! faudra pas s'étonner si on manifeste contre le mariage pour tous...

Lui : Nan mais t'es pas dingue !? (un temps) Écoute sœurette... j'ai 45 ans... je vis encore chez maman... tu sais, c'est maman qui m'a dit que Brigitte était un homme... je me demande si elle n'est pas un peu jalouse maman... ou qu'elle essaie de me protéger... mais... (un temps) je suis adulte... et Brigitte... bah je crois que je l'aime bien... même si c'est un homme... oui, je l'aime... comme elle est... comme il est... je m'en fous, j'arrête pas de penser à elle... tant pis pour maman, il faudra qu'elle comprenne !

(il se lève) Brigitte, attends-moi, s'il te plaît !

A l'œil

Un père et son enfant, jeune adulte.

Père : Je t'ai à l'œil !

Enfant : C'est bon... j'ai rien fait moi...

Père : Ahhhh, et tu fais le malin en plus... mais on ne me la fait pas à moi... je suis un fin limier moi... j'en ai dressé des plus coriaces... mieux vaut courir que deux tu l'auras, ah ah !! p'tit con !

Enfant : Non je fais pas le malin... c'est toi qui interprètes toujours tout... pourquoi tu penses à chaque fois que je vais faire une connerie ?

Père : Parce que t'es con pardi ! Et un con, par nature, ça fait des conneries...

Enfant : Et les chiens ne font pas des chats... alors, toi aussi t'es con...

Père : Et celui qui le dit, c'est celui qui l'est... mais ça, c'est vraiment une réponse de con ! Et d'abord, qu'est-ce qui te dit que je suis vraiment ton père ? Connaissant ta mère, si j'étais toi, je ne serais pas contre un test de paternité... m'enfin, j'dis ça, j'dis rien...

Enfant : C'est ça... dis-le si t'as tellement honte d'être mon père que tu préfères inventer n'importe quoi...

Père : Honte...? Oh, ça me fait de la peine que tu penses ça... non, j'assume... mon fils est un con, sa mère est une pute... j'assume... ce serait comme qui dirait, un dommage collatéral...

Enfant : Et toi ? Tu crois que t'es mieux ? Tu te barres à la moindre difficulté... jamais t'as été là pour moi... quand j'en avais le plus besoin...

Père : J'avoue un léger manque de motivation... excuse-moi mais... t'es pas enthousiasmant... t'es pas très beau, ni très intelligent, ni très original... pas très attachant... rien de bien attirant en somme... si j'ajoute à ça, un doute imperceptible mais néanmoins constant sur l'authenticité de nos liens biologiques, je reconnais quelques défaillances...

Enfant : T'es vraiment un pauvre connard... ça sert à rien de faire de l'ironie, du sarcasme, de faire des discours, de faire celui qui est intelligent et qui a de la répartie... t'es juste un pauvre connard...

Père : Tu deviens grossier... la marque des

faibles... ça ne sert à rien de discuter, tu es décevant... au lieu de devenir affreusement vulgaire, tu ferais mieux d'aller interroger ta mère sur tes origines... pour ma part, j'ai suffisamment souffert de te voir grandir et devenir... ça...

Enfant : Pourquoi fais-tu tant d'efforts pour être détestable et méchant ? Pourquoi ne pas partir ? Pourquoi rester à discuter si je te déçois tant que ça ? Pourquoi m'avoir à l'œil si je ne suis même pas ton enfant ? Je sais bien que je ne suis pas la personne que tu souhaitais que je devienne...

Père : Mais arrête de me penser méchant ! Je ne te veux pas de mal tout de même. Je ne te déteste pas. Depuis le temps que j'assiste à ta... transformation... si j'avais dû partir, je l'aurais fait depuis longtemps mais je suis un homme qui se contente. Ta mère ou une autre... peu importe... toi ou... un chien... tu as au moins le mérite de faire tes besoins tout seul, pas toujours proprement, mais seul... je ne me plains pas, je constate, je t'observe et te surveille pour que tu me nuises le moins possible... bref, je m'occupe... tu vois, que je ne suis pas méchant puisque je t'ai trouvé une utilité...

Enfant : Tu ne me veux pas de mal ? Mais regarde comment tu me parles... je sais bien que ma transformation comme tu dis, tu ne l'accepteras jamais complètement... mais c'est ce que je suis, que tu le veuilles ou non... je me sens bien dans ce corps de femme... ce corps, c'est le mien, il commence à ressembler à celle que je suis à l'intérieur de moi... et non plus à celui que j'étais et qui me dégoûtait...

Père : (un temps) P'tite conne...

Ça cache quelque chose

Un homme assez âgé et une fille plutôt jeune.

Lui : Ça cache quelque chose...

Elle : Tu crois... non ! Tu vois le mal partout !

Lui : Non, non... je le sens, c'est pas net... ça me rappelle cette histoire, tu sais, avec le vieux Marcel, paix à son âme, où que c'est qu'elle soit... qu'on n'a jamais retrouvé que son vélo... et puis qu'on n'a jamais revu... alors ouais, je te le dis comme je le pense... ça sent pas bon c't'affaire... même je te dirais que ça pue carrément...

Elle : C'est vrai qu'on peut toujours être surpris par les gens... mais cette histoire de Marcel... faut pas exagérer...

Lui : Ah mais moi je dis qui faut s'méfier du chat qui ronronne... le Marcel non plus il s'était pas méfié... avec son vélo abandonné sur le bord de la route... et c'est que ça disparaît pas comme ça un Marcel... des extraterrestres qu'on avait pensé à l'époque... j't'en foutrais des extraterrestres, moi ! (un temps) moi, j'dis que c'est l'œuvre du Malin... le Malin, tu entends !? Mais à malin, malin ennemi...

Elle : Faut s'méfier du chat qui ronronne... faut s'méfier de l'eau qui dort... t'en as encore beaucoup comme ça ? Tu vas bientôt me dire "tant va la cruche à l'eau qu'à la fin elle se brise" et qu'on est en danger, toi et moi ?!

Lui : Ah mais oui ! Tu te sens en sécurité ? Mais tu es folle ?!? Oui, tu es en danger ! Sauve-toi... mais cours loin, loin... tant que tu peux... tu ne seras jamais en sécurité, jamais ! Le Mal est partout, où que tu sois, quoi que tu fasses, il te trouvera, quand il le voudra ! Tu ne seras jamais à l'abri, jamais ! Regarde derrière toi ! Non, ne te retourne pas, malheureuse ! Il est derrière toi... et si tu te retournes, il est encore derrière toi... petite folle !

Elle : Calme toi papy... tu vas faire une attaque...

Lui : Moque-toi ! Qui rira bien, disparaîtra la première ! Je t'aurai prévenue... (plus bas) se croient invincibles ces jeunes cons...

Elle : J'entends tu sais... je me crois pas invincible... je suis juste cartésienne... ou sceptique... ou plus rationnelle que toi. Le Marcel, si ça trouve, il avait juste bu un coup de trop... il a voulu pisser et il est tombé dans l'canal... (plus bas) Ces vieux cons ils croient toujours tout savoir...

Lui : T'y connais rien en disparition ! Le Marcel a été emmené j'te dis ! Et là, c'est pareil... le facteur, pfft, emporté par le Démon !

Elle : Et la police, qu'est-ce qu'elle a dit ? T'es sûr qu'il n'est pas parti en vacances le facteur ? (un temps) Ou peut-être juste qu'y a personne qui t'écrit...

Lui : Bah je l'ai pas appelée, la police... pas de courrier, c'est des choses qui arrivent... mais le vélo du facteur qui est resté toute la journée dans la rue... sans le facteur... il l'a quand même pas oublié ?! Je l'ai mis dans ma cour pour que personne ne le vole... mais il est jamais revenu le chercher le facteur... et depuis rien... même plus de courrier...

Elle : Je t'accorde le bénéfice du doute... j'avoue que c'est troublant... tu en as parlé à quelqu'un d'autre ? Parce que si le vélo était là, le facteur devait être dans le coin. Il a peut-être été kidnappé par ton voisin, non ?! Celui qui a un regard de vieux pervers...

Lui : Ah ce vieux saligot !! Ça m'étonnerait pas qu'il lui ait fait du mal au facteur pour un oui ou pour un non... mais je suis pas une balance moi ! Lui, en 40, il aurait pas hésité... mais j'suis pas de ces gens-là moi. Non, non...

ne rien voir, ne rien dire, ne rien entendre... ni pute, ni soumise le papy...

Elle : Pour un vieux, t'es pas si ringard que ça finalement... n'empêche que tu ne peux pas rester là sans rien faire... tu veux que j'entre chez lui en douce ?

Lui : Et toi, tu as des couilles pour une nana... mais te fatigue pas... j'te dis qu'il est pour rien dans ces disparitions. C'est un bâtard mais pas un tueur. Non, je reste sur mon idée que tout ça c'est l'œuvre du Démon. Et ça m'énerve... tout le monde croit en dieu mais personne au Démon, c'est dingue !!

Elle : En même temps, qu'on soit croyant ou non, on n'peut pas dire que Dieu se manifeste souvent... et là, tu voudrais me faire croire qu'un Démon a emporté le facteur de Quinche-la-Guedec ?!

Lui : Et qui d'autre ? Comment tu expliques autrement ces disparitions ? Les disparitions mystérieuses de Quinche-la-Guedec, dont tout le monde se fout !! Y'a personne qui est venu récupérer le foutu vélo du facteur... ni le courrier qui n'a pas été distribué... tiens, d'ailleurs y'avait un colis pour toi...

Elle : Un colis ? Pour moi ? Mais comment est-ce possible ? Personne ne sait que j'suis ici ! J'vais voir. Bouge pas. (se lève pour aller chercher le colis)

Lui : Oui, vas-y, il est dans ma cour. Je ne bouge pas. (il s'empare d'un couteau, la suit dans la cour) Tu vois, on ne se méfie jamais assez du chat qui ronronne...

L'insolent

Deux bourgeoises.

Une : Mais quel insolent celui-là !

Deux : Ma chère, je comprends que cette attitude... que l'on pourrait qualifier d'un tantinet méprisante, je vous le concède... ne vous déplaise... mais il faut tout de même avouer que, malgré cette accoutrement, que je qualifierais d'une vulgarité sportive sidérante car tout à fait inadaptée à une quelconque pratique athlétique digne de ce nom... cette insolence revêt un certain panache, ne trouvez-vous point ?

Une : Un certain panache dites-vous ? Je vous trouve particulièrement en bonne grâce envers ce jeune impétueux ! Excusez-moi de passer outre ce voile d'Apollon qu'il revêt pour vous révéler sa véritable personnalité que je sais pertinemment fourbe... je trouve que vous succombez bien facilement aux affres d'un physique avantageux, Marie-Gwendoline...

Deux : Pensez-vous... à mon âge... vous n'y songez pas ? Je trouvais simplement une certaine audace, voire même une certaine grâce à ce "grosse pute" ainsi lancé à la volée.

Mais vous-même me surprenez... vos dires laissent poindre à mon oreille une certaine complicité entre ce Cyrano de banlieue, décidément bien mal affublé, et votre estimable personne, n'est-il point ?

Une : Parler de complicité me semble bien exagéré... mais je vois Marie-Gwendoline que vous avez l'oreille aiguisée et que rien ne vous échappe. Je n'oserais vous dévoiler dans quelles circonstances improbables j'ai eu l'occasion de rencontrer ce Don Juan de la cité ou devrais-je dire de la "téci" comme disent les jeunes !

Deux : Ohhh, que vous êtes drôle Marie-Bernadette... mais vite, dévoilez, dévoilez... je trépigne, je trépigne...

Une : Oserais-je vous raconter cela... je ne voudrais pas paraître à vos yeux une femme aux mœurs légères Marie-Gwendoline... encore que, je vous rassure tout de go, je n'y suis pour rien... mon honneur est sauf, je vous en conjure...

Deux : Ohh, vraiment, vous tempérez ma chère et mon impatience est soumise à rude épreuve... dites-moi tout, je vous en conjure ! Quelle attache peut-il y avoir entre ce bellâtre en "yogging" et votre honorable chasteté ?

Une : Bon... j'accepte de vous le dire... mais promettez-moi de ne rien répéter au Père

François ! S'il savait un seul mot de cette histoire, s'en serait fini de ma place d'organisatrice en chef de la vente de charité du printemps de Dieu en faveur des plus démunis...

Deux : Oh mais mon dieu, dans quel péché si grave, avez-vous bien pu vous fourvoyer... vous m'inquiétez Marie-Bernadette... (un temps) oh, j'ose vous le confesser, Marie-Bernadette... avec beaucoup de honte... toute cette histoire m'excite un peu et, oh que Dieu me pardonne... (se signant de la croix) je vous jalouse grandement... oh, j'ai honte... (reprenant ses esprits) ne devriez-vous pas aller à confesse ?

Une : J'y ai pensé figurez-vous, j'ai même pensé faire un pèlerinage à Lourdes afin d'aider les désœuvrés et ainsi m'absoudre de mes péchés... je ne peux plus garder cela pour moi... voilà une semaine que je tourne et retourne cette histoire absurde dans tous les sens afin d'y comprendre quelque chose... je crois que vous en parler me ferait le plus grand bien... mais je ne veux pas vous faire porter un poids trop lourd sur les épaules, Marie-Gwendoline...

Deux : Oh mais j'avoue m'être perdue également... mes pensées sont confuses... je mérite une belle flagellation... oh pire, Marie-Bernadette, j'ai envie d'une belle flagellation ! Oh mon dieu, qu'avez-vous fait, Marie-Bernadette ?! J'ai péché... j'ai péché...

punissez-moi mon dieu !!! Ma pensée se brouille... oh, racontez-moi tout, Marie-Bernadette, racontez-moi tout, nous irons ensemble à confesse !

Une : Oh je suis confuse, Marie-Gwendoline, confuse ! Vous voilà engagée contre votre volonté à écouter mes propos... vous voilà dans une posture malaisante par ma faute... je ne me le pardonnerai jamais, Marie-Gwendoline, jamais ! Si j'avais su que je vous mettrais ainsi sur le chemin de la honte et de la culpabilité... je ne m'en serais pas remise à vous ! Il est encore temps de faire marche arrière, et nous pouvons faire toutes deux comme si cette conversation n'avait jamais eu lieu...

Deux : Vous plaisantez !? Mais vous plaisantez j'espère !? Espèce d'allumeuse !! Tu vas me la raconter cette histoire, j'en peux plus d'attendre !! Qu'est-ce que tu as fait avec le branleur hein, qu'est-ce que tu as fait ?!? Tu vas m'le dire !!!

Une : Mais... enfin... Marie-Gwendoline... mais... quoi... ? Comment...? Je préfère partir... (Marie-Bernadette se lève et s'en va choquée)

Deux : Attendez, attendez... excusez-moi... je suis confuse... ne me laissez pas comment ça... (un temps, regardant Marie-Bernadette s'éloigner) Grosse pute !

Parfait

Un homme et une femme.

Elle : La question est : où s'arrêtera-t-il ?!

Lui : Mais oui, tu as raison ! Il est épuisant à la longue à courir dans tous les sens, à avoir deux mille idées à la seconde, à parler tout le temps, à avoir un avis sur tout... (un temps) il nous emmerde à la fin !

Elle : C'est ça ! Tout à fait ça ! Sa bonhomie, sa conversation d'intellectuel, à discourir de tout et de rien... il me fait chier ! Voilà, c'est dit !

Lui : Ohhh oui ! Ça fait du bien de se lâcher ! Putain, qu'ça fait du bien ! Monsieur Parfait !! Ah ah !! Il doit avoir un problème non ? Elle lui vient d'où cette énergie ? Du désespoir ?

Elle : Moi je crois que c'est pire que l'énergie du désespoir... ce que nous aurions accepté de bonne grâce d'ailleurs... non... n'est-ce pas plutôt l'énergie d'un homme comblé ?

Lui : Oh merde... comblé...? On ne pouvait

pas imaginer pire scénario... comblé... donc heureux...? Heureux de la ramener tout le temps, heureux de nous aider, d'être agréable... d'être beau aussi... ah merde... qu'est-ce qu'on va devenir ?

Elle : Y'a rien qui me dégoûte plus que les débordements joyeux, la réussite à toute épreuve, le bonheur guimauve... mais qu'est-ce qu'on a fait pour mériter ça ?

Lui : Et j'ai oublié... il a de l'or dans les mains ! Tu te rappelles quand il nous a dépanné la bagnole, quand on était en panne sur le parking du Monop'... il passait par là, comme par hasard... en deux-deux qu'il nous a réparé ça, les dents blanches, les mains pleines de cambouis... heureux de nous avoir rendu service... quel fumier, je me suis senti tout minable...

Elle : Oh oui ! Et serviable par-dessus le marché ! L'autre fois, quand il est venu à la maison en disant "je vous ai acheté du thé en vrac à l'épicerie bio"... l'épicerie bio... tu t'rends compte... quel culot... mais quel culot ! Tout ça pour nous faire sentir que nous, on n'est pas écolo bobo...

Lui : Y m'énerve lui !! Faut qu'on s'en débarrasse...

Elle : C'est sûr qu'il est vraiment bizarre... trop c'est trop... c'est sûr qu'on serait bien mieux sans lui... maintenant... s'en débarrasser... j'veux bien... mais comment ?

Lui : Ça dépend de ce que tu entends par "débarrasser"... moi, j'en ai marre de l'avoir dans ma vie... tout ce qu'il fait, souligne notre médiocrité... en plus, à chaque fois, on se sent obligé de le remercier de nous rappeler qu'on est des nuls. Je vois bien à quoi tu penses mais je me sens tellement minable que si on tente de "s'en débarrasser", je suis sûr que ça tournerait mal... même, que ça tourne à son avantage. Je vois déjà le tableau : lui, debout, majestueux, souriant, les dents étincelantes... moi, au sol, baignant dans mon sang et... m'excusant d'avoir taché sa chemise...

Elle : Oh oui... excuse-moi... je me suis emportée, et j'avoue avoir eu des idées inavouables pour nous débarrasser de lui pour de vrai l'espace d'une seconde... mais oui, ce ne serait sans doute pas un succès... soyons plus simples... on pourrait déménager... et hop ! Fini l'autre andouille au sourire de pub pour dentifrice !

Lui : Ah... c'est agréable... je te dis que je me sens médiocre, que je suis un minable nul... et tu ne me contredis pas... décidément... (un temps) c'est peut-être de moi dont il faut se débarrasser ? (silence) J'ai envie de pleurer...

Elle : Mais non mon doudou ! Dis pas ça ! On forme une équipe ! Tu n'es pas minable... mais tu sais bien que toi et moi, souvent, on n'a pas de bol... tu vois bien... avec l'autre zozo qui ne nous lâche pas les basques... y'a qu'à nous qu'ça arrive !

Lui : Malchanceux ? On n'est pas nuls mais malchanceux... tu crois vraiment ce que tu dis... tous les deux, on a la poisse... et si ce mec est si formidable, c'est juste parce que nous, on n'a pas d'bol ?

Elle : Bah j'sais pas... mais le constat est là ! Et lui, tout dégoulinant de perfection... il nous en met plein la figure avec toute sa joie de vivre ! J'en peux plus moi !

Lui : Bon alors, c'est décidé, on s'en débarrasse... ce sera notre revanche sur la vie...

Elle : Mais non... calme-toi Doudou... ne tentons pas l'impossible... visons des choses à notre niveau... soit on déménage... soit on fait en sorte que lui se barre... hein ? C'est pas mal ça...

Lui : C'est nul... c'est lâche... si on fait ça, on fuit... et on reste face à nous-mêmes, face à ce qu'on est vraiment... des médiocres... ou des poisseux, appelle-nous comme tu veux... trouve-nous les excuses que tu veux mais la vérité, la vérité, c'est que ce n'est pas lui le problème c'est nous... c'est nous...

Elle : Nous le problème ? Mais non... pourquoi tu dis ça ? Ne sois pas trop dur avec toi-même... on a fait du mieux qu'on pouvait avec lui... (un temps) il est peut-être parfait, mais c'est notre fils quand même...

Les folles années

Un couple.

Elle : C'était vraiment de folles années !

Lui : Des années de dingues, oui !! On n'arrêtait pas, alcool, sexe et rock'n'roll... puis on est passé à la drogue... toujours le sexe... et un peu moins de rock'n'roll... un peu de rap mais surtout de la techno... à se taper la tête contre les murs... wouah, rien qu'à y penser j'en ai la tête qui tourne...

Elle : Tu commences à être trop vieux pour ça ! Je t'ai déjà dit que c'était plus pour nous tout ça... bon, fumer un peu, en soirée, j'dis pas... mais sortir en boîte... non... vraiment... non...

Lui : Trop vieux !? Dans 3 minutes, tu me proposes le thé dansant de l'amicale des anciens de Montigny-sur-Chiers... et je te le dis tout de suite, je ne suis pas prêt pour ça... et pas non plus pour vivre dans la nostalgie de nos belles années de teufeurs... alors s'il faut retourner en discothèque ou dans une rave party, je suis ton homme !

Elle : Je dis juste qu'on doit vivre avec son

temps ! Accepter son âge ! Tu veux aller danser et le lendemain tu as mal au dos et c'est moi qui dois appeler Docteur Latombe en urgence !

Lui : Si on prend des cachetons... arrête de rire ! Je veux dire de l'Ecsta ou un trip, pas un Efferalgan... trouve-moi une party ! J'te fais la totale... on se trouve un set pour le before, ensuite direct dans le premier club du coin, on y groove toute la night sur le dancefloor au rythme des beats. On se fait l'after dans le chill-out. La totale, j'te dis !

Elle : Tu as bu ? Tu as pris quelque chose ? Je suis désolée de te le dire mais il n'y a rien de pire qu'un vieux qui veut faire le jeunot... c'est trop la honte... surtout quand tu vois l'air goguenard des jeunes qui se foutent de ta gueule... très peu pour moi... imagine, si je te dis : yo là, zy va, on va fumer un oinj dans la téci en loucedé... tu vois ? C'est pas crédible !

Lui : Bah effectivement... venant de toi... mais moi, je ne fais pas mon âge... c'est plus crédible... et c'est un milieu que je connais... la téci et toi... quand même... excuse-moi mais ça fait deux. (un temps) Après, j'te jure qu'j'tiens bon... niveau alcool... pas un verre depuis la cure, j'te jure...

Elle : Tu ne fais pas ton âge... non mais qu'est-ce qu'il faut pas entendre... des conneries tout ça ! Et puis, j'te rappelle que j'ai presque deux ans de moins que toi... alors, si y'en a bien un de nous deux qui devrait sortir, c'est bien moi ! Et puis d'ailleurs, j'vais pas m'gêner ! J'vais appeler les copines et on va aller danser dans un club... dans ta tronche, le vieux ! T'as qu'à boire de la tisane en m'attendant vu qu't'es clean !

Lui : Nan mais arrête s'il te plaît, ne va pas en boîte avec tes copines. Premièrement, elles sont toutes casées, même Catherine sur laquelle franchement j'aurais pas parié un kopeck. Deuxièmement, votre côté cougar bourgeoise avec brushing intégré peut, je vous le souhaite, exciter un ou deux puceaux adeptes de porno vintage en quête de MILF mais, ma fille, il va falloir que tu aimes éclater les boutons... de pus. Troisièmement, j'aime pas la tisane et je t'emmerde ! Ça fait deux semaines que je picole en cachette et t'as rien grillé, pauv'pomme ! Quatrièmement, si tu décides d'aller en boîte, malgré tous mes bons conseils, avec ces boudins vulgaires qui te servent de copines, et si, par malheur, tu croises des gens qui me connaissent, s'il te plaît, dis-leur qu'on est en instance de divorce, ils me comprendront...

Elle : Oh... non mais... rhoooo... c'est... non... je... non... je ne sais pas ce qui est le pire dans tout ce que tu me dis... que tu parles de divorce, que tu aies recommencé à boire ou que tu me traites de cougar... non... vraiment... non... je ne sais pas quoi dire... je crois que je vais aller me coucher... voilà... c'est tout...

Lui : Et c'est pour ça que je me suis remis à boire, et que je parle de divorce... parce que tu te couches tôt... fini le sexe, la drogue, le rock'n'roll... finies les folles années...

Elle : Alors voilà... c'est ça... il n'y a pas d'autre issue ? Ça ne va pas comme tu le souhaites alors tu parles divorce... pas de bataille pour changer les choses, juste la résignation... ces folles années sont-elles si loin ? N'y a-t-il pas un intermédiaire entre la techno et la verveine ?

Lui : Effectivement, il y a un temps pour tout... et à ce rythme-là, je risque même de passer à côté de ma crise de la quarantaine... après, je te dis ça mais est-ce qu'il faudrait qu'on s'assagisse, qu'on vieillisse paisiblement sans autre perspective que l'usure, la fatigue de nos corps, de nos esprits, de nous ? J'en ai marre de vieillir... de mûrir... de mourir... j'essaye vainement de m'accrocher à la vie et à toutes ces folies qu'elle peut offrir... il n'y a finalement rien de vraiment intéressant à travailler, à gagner de l'argent... à gagner sa vie... tu connais une expression plus conne que celle-là ? Elle est là, la vie ! Pleine, entière, joyeuse, généreuse ! Elle m'a été offerte, je n'ai pas à la gagner... allez vous faire foutre avec vos modèles de sociétés qui ne me permettent pas de profiter pleinement de cette vie qui m'est offerte !

Elle : Et pourquoi devrait-il y avoir une crise de la quarantaine ? Pourquoi ça ne serait pas le bonheur de la quarantaine ? Pourquoi n'y aurait-il pas d'autres choix, d'autres solutions ? Profiter de la vie sans être obligé de faire semblant d'appartenir à une autre génération que la sienne ? Aller de l'avant... sans vieillir prématurément... se réinventer plutôt que de copier ceux que nous étions et que nous ne serons plus... profiter de la vie... oui, bien sûr... ne te méprends pas... je ne rêve pas de m'enraciner dans mon canapé devant la télé... mais accepter ce que nous sommes pour tirer le meilleur de nous-même... est-ce si difficile que ça ?

Lui : Oui ça me paraît difficile et même impossible... je ne trouve pas d'alternative, pas de solution... alors je m'enivre... je me saoule pour m'échapper de ce quotidien, de cette platitude... et ça me plaît beaucoup... avoir la tête qui tourne, être léger... souvent... en tout cas le plus souvent possible. Difficile malgré tout d'échapper à notre environnement, à notre ancrage... j'ai beau larguer les amarres, tous les vents me ramènent à mon port d'attache. Une femme dans chaque port... je n'ai que toi...

Elle : Finalement, ne cherchons-nous pas la même chose ? Malgré tout, j'ai confiance en nous... et si tu veux, on sortira... peut-être pas en discothèque... ni même au thé dansant... peut-être qu'on pourrait sortir, se promener au hasard des rues et voir où cela nous mène ? Qu'en dis-tu ? Toi et moi... on y va...?

13 à table

Un homme et une femme.

Lui : 13... à table...? Tu es sûre ?

Elle : Pourquoi ? Tu es superstitieux ?

Lui : Mais bien sûr ! Comment peux-tu en douter ? Des histoires horribles ont accompagné ma tendre jeunesse ! Toutes sortes de malheurs se sont abattues sur mes aïeuls à travers les siècles... des générations et des générations hantées par les chats noirs ou les miroirs brisés... alors 13 à table, impossible !!

Elle : Au début on devait être 14 mais Hélène a annulé... je ne savais pas que tu étais si sensible sur ce sujet... on peut inviter quelqu'un d'autre peut-être ?

Lui : Hélène le savait, la salope !! Je suis sûr qu'elle a fait exprès d'annuler pour me mettre mal à l'aise... on n'a pas le choix... il faut trouver une solution et vite... on ne peut pas, comme ça, consciemment provoquer le malheur...

Elle : Tu crois ? Je n'imagine pas Hélène

avoir des idées aussi tordues... à moins qu'elle t'en veuille pour je ne sais quoi ! Je peux inviter Linda à la place, non ?

Lui : Ah malheur !!! Linda !!! Mais voilà, à vouloir conjurer le sort, me voilà maudit !!! On ne pourrait pas plutôt éliminer quelqu'un ? Ton frère ? C'est pas gênant si on n'invite pas ton frère ? De toute façon il déprime tout le monde depuis son divorce...

Elle : Tu rigoles ?! 12 ou 14, ça me va... mais pas mon frère... je sais bien qu'il n'est pas un boute-en-train... mais si on ne l'invite pas... il risque de s'jeter sous une bagnole ! Ne prenons pas de risque !

Lui : Ah... et ce serait un véritable malheur ça... évidemment... bah je ne sais pas moi, trouve une solution... on ne peut pas jouer avec le diable quand même... tiens, tu n'as qu'à inviter ta mère !

Elle : N'exagère pas... on va peut-être trouver une autre solution... regarde, soit on invite Géraldine et on la met à côté de Gégé... comme ça on est 14. Ou bien, tant pis, on n'invite pas ta collègue... d'ailleurs c'est une excellente idée ça... je ne supporte pas son rire d'hystérique et son air faux-cul de blondasse...

Lui : Mais laisse Isabelle tranquille à la fin ! Elle est très gentille et ça me ferait très plaisir de l'avoir à mes... à nos côtés pour mon repas d'anniversaire. En plus, tu exagères... sa couleur lui va très bien. (silence gêné) Par contre, plutôt que d'ajouter cette connasse de Géraldine, ce ne serait pas une mauvaise idée de ne pas inviter, non plus, ce gros lourd de Gégé... risque encore de nous emmerder avec ses blagues vaseuses pendant tout le repas... hein, ce n'est pas une mauvaise idée ça... hein ?

Elle : Ouais... bon... c'est bien parce que c'est ton anniv... mais l'Isabelle... faudrait pas qu'elle s'incruste trop souvent... et on la mettra à côté de mon frère... tiens ça sera parfait ça... pour Gégé, ce n'est pas une mauvaise idée... avec son regard de pervers... j'avoue que ça serait bien qu'il ne soit pas là... mais bon... qu'est-ce qu'elle va dire Josiane si on ne l'invite pas ?

Lui : Mais c'est mon anniversaire quand même ! Josiane n'a qu'à inviter Gégé chez elle si elle le trouve si "marrant et si charmant"... sauf que ça lui va bien de ne voir ce pervers que dans des lieux sûrs avec beaucoup de monde autour... de toute façon, je crois que même Gégé n'en voudrait pas de la Josiane... quel boudin celle-là quand même... et qu'est-ce qu'elle bouffe... tiens en voilà une qu'il faudrait ne pas inviter, on ferait des économies...

Elle : Oh c'est clair ! T'as raison ! Elle, je la laisse pas à côté du buffet, sinon, y'en aura pas assez pour tout le monde !! Et Claire ? Si on ne l'invitait pas ? Parce que tu le sais... je ne la supporte pas cette miss parfaite ! Toujours avec son air niais et vas-y que je suis toujours élégante et que mes enfants sont merveilleux et polis... et que j'ai fait des petits gâteaux pour toute la classe... bio et sans gluten bien sûr... pire que Bree Van de Kamp celle-là !

Lui : Claire, la cocue... ah, miss parfaite en a pris pour son grade... mais bon, pas le choix, c'est quand même la femme de mon frère... faudrait trouver un truc pour ne pas inviter cet enfoiré qui ne pense qu'à sa bite, sa bagnole et son pognon...

Elle : Ah la famille... c'est toujours la même chose... pas moyen de faire autrement que de les voir... c'est comme ta mère... on l'invite mais je sais d'avance que je vais passer un sale moment avec elle : elle me fera des reproches sur le gâteau trop cuit ou sur tes chemises mal repassées... comme si c'était moi qui repassais tes chemises ! Elle pense que je suis comme elle à être la bonniche de son mari... très peu pour moi !

Lui : Oh ! Comment tu parles de ma mère ! Attention, ma mère c'est pas touche... elle est chiante, mais pas touche... surtout qu'elle vient avec papa... c'est sa première sortie depuis son AVC... alors ça ne va pas être facile pour elle... bon, pour nous non plus du coup... papa n'a plus toutes les connexions qui vont bien et il bave énormément... le docteur dit que ça devrait s'arranger quand il parviendra à retrouver comment remettre sa langue dans sa bouche... heureusement pour toi, ton père est mort suffisamment jeune pour t'épargner ça.

Elle : Oh non... mais c'est un cauchemar... un cauchemar... et moi qui ai prévu un gaspacho en entrée... il ne va jamais y arriver... je vais mettre une vieille nappe parce que de toute façon, elle va être fichue... et on n'a pas intérêt à le mettre en face ta filleule... une ado mal élevée comme elle... elle serait capable de prendre son air dégoûté et de se moquer de lui... tu sais... les jeunes de nos jours...

Lui : Pour le coup, je pense qu'il y a quand même de quoi se marrer, faut avouer... hé, hé, j'ai une idée, on fait comme tu as dit, on met mon père en face de cette petite conne, si elle se marre, on lui colle une tarte ! Depuis le temps que ça me démange... bon... ça risque de gâcher un peu la fête... surtout qu'elle vient avec Kevin, son nouvel amour de sa vie depuis 4 jours, qui voudra sûrement défendre l'honneur bafoué de sa princesse décolorée...

Elle : Non mais franchement, on est obligé de se payer le petit ami ? C'est le comble quand même, de se payer les deux ados boutonneux... j'espère qu'ils ne vont pas s'embrasser à table... si c'est ça, je serai obligée de dire quelque chose et c'est encore moi qui vais passer pour la rabat-joie ! En plus... Kevin... avec un prénom pareil... j't'e parie que c'est le genre à pas avoir son bac... la conversation, elle ne va pas voler très haut... déjà qu'avec ta tante Eugénie on n'est pas gâté de ce côté-là...

Lui : C'est sûr qu'elle tient plus du "euh" que du génie... oh, la pauvre... passer une vie entière avec une tête emplie de... rien... mais un rien, tellement vide, qu'il se voit à l'extérieur... elle, si ma mère ne tenait pas tant à ce qu'on l'invite à chaque fois, on pourrait ne pas l'inviter, elle ne s'en rendrait même pas compte...

Elle : C'est exactement ça ! Tu sais si bien trouver les mots ! Pas comme ce pseudo intellectuel d'Hervé... je sais que c'est ton pote de lycée mais lui et toi n'avez franchement plus rien en commun... il joue les snobinards mais il connaît rien à la vie le type... tu l'imagines changer un pneu ? Il réciterait un poème de Victor Hugo en appelant à l'aide ! Si on ne l'invite pas, il serait capable de t'écrire une ode à l'amitié !

Lui : Hervé... c'est mon pote d'enfance, mon frangin... j'ai fait tous mes anniversaires avec lui depuis que je le connais... ça me ferait bizarre de ne pas l'inviter... même s'il gonfle tout le monde, moi compris... je t'avoue que je l'invite plus par nostalgie que par envie... il faudra le supporter mais c'est la seule occasion dans l'année où je le vois.

Elle : Oui j'ai bien compris... et ça ne nous arrange pas du tout... alors... qu'est-ce qu'on fait ? Moi je vote pour ne pas inviter Gégé ou Isabelle... ce sont les plus pénibles... maintenant, tu as le dernier mot... c'est ton anniv après tout... alors, que décides-tu ?

Lui : Non, non et non... impossible de ne pas inviter Isabelle... et Gégé... ça me paraît compliqué... je ne vois plus qu'une chose à faire... croisons les doigts pour que l'un de nos invités se casse une jambe avant le repas... touchons du bois pour que ton frère se jette sous une voiture... jetons du sel par-dessus nos épaules pour que Gégé s'étouffe en rigolant d'une dernière blague graveleuse... mais allez, aide-moi !!

Elle : Ne panique pas... on va trouver une solution... bon tant pis, on n'invite pas Eugénie... et on inventera une connerie pour expliquer ça à ta mère... c'est bien ta tante qui le prendra le moins mal, vu qu'elle ne percutera même pas ! Bon, allez, on est d'accord ? J'envoie le mail. (un temps) Voilà, c'est fait... 12... c'est bien ça ! Alors, rassuré ? (un temps) Merde... (un temps) j'me suis pas comptée...

Bonne fête Papa

Un père et sa fille.

Fille : Bonne fête papa !

Père : Papa..?

Fille : Mais oui... papa... c'est moi... Marlène !

Père : Marlène..? (un temps) J'avais une fille qui s'appelait comme ça... elle était bien plus jeune que vous... et plus jolie aussi...

Fille : Merci papa... tu sais trouver les mots... comme toujours...

Père : Tu t'attendais à plus "d'émotion" peut-être ? Tu avais imaginé que je fonde en larmes, que je te saute dans les bras ? Ça fait combien de temps...?

Fille : Presque 11 ans papa... non... je n'avais rien imaginé... mais j'espérais peut-être un sourire, une parole encourageante... je te rappelle que c'est toi qui a quitté maman, c'est toi qui es parti...

Père : Et vous m'avez banni, ton frère et toi,

pour ça... je quittais votre mère pas vous... vous, vous restiez mes enfants, à jamais... mais apparemment la réciproque ne semblait pas si... naturelle... oui, j'ai quitté votre mère mais vous, vous m'avez quitté...

Fille : Tu as raison... mais quand on a 15 ans, c'est difficile de faire la part des choses. Après ton départ, il a fallu déménager pour une maison plus petite. J'ai dû partager ma chambre avec Florent. Les vacances c'était fini. Et tout ça, ça ne serait pas arrivé si tu étais resté. Voilà ce que j'ai pensé à l'époque...

Père : Vous pouviez aussi venir avec moi. Au moins à mi-temps. Vous n'avez pas fait ce choix. Pourquoi tu es là aujourd'hui ?

Fille : Je n'étais pas prête à ce moment-là... tu représentais le méchant... celui qui avait tout gâché. Aujourd'hui, papa, j'ai réfléchi, j'ai grandi. J'ai essayé de voir les choses sous un autre angle, de ton point de vue...

Père : Papa... c'est bizarre d'entendre ça, à nouveau. De l'eau a coulé sous les ponts depuis... emportant tellement de souvenirs... et votre mère aussi...

Fille : Papa... ça me fait bizarre de le dire aussi. J'avais oublié ce que ça faisait de le dire. (un temps) Le décès de maman a été si dur... comme si une partie de moi mourrait. Depuis, je pense à toutes les questions que je ne lui ai pas posées. Toute cette mémoire vive qui n'existe plus sans elle...

Père : C'est pour ça que tu es venue ? Pour trouver des réponses à ces questions ?

Fille : Oui... en partie... je suis venue car... je... je... je suis enceinte... tu vas être papy...

Père : (un temps) J'avais oublié ce qu'être papa signifiait. En moins de cinq minutes, je suis réhabilité "papa" et en plus, je deviens "papy"... excuse-moi, si je ne pleure pas de joie mais j'ai un peu de mal à digérer toutes ces informations. Il y a moins de cinq minutes, j'étais encore un étranger pour toi, et toi pour moi...

Fille : En même temps, comment te l'annoncer ? Je n'attends pas de toi que tu sois ému ou présent. Mais je me suis dit que c'était le moment de reprendre contact. Si je ne le faisais pas maintenant... je ne l'aurais jamais fait...

Père : Je ne sais pas quoi te dire... je pense que, moi aussi aujourd'hui, j'ai besoin de temps.

Fille : Ah bon d'accord... excuse-moi de t'avoir dérangé... je pensais bien faire... (se lève pour partir)

Père : Attends... tu as bien fait... sûrement...

mais il y a quelque chose que tu dois savoir et qu'il semblerait que ta mère ne t'ait pas dit avant de nous quitter... (un temps) je ne suis pas votre père...

Fille : Quoi... ? Arrête... non... non... mais ce n'est pas possible... on m'a toujours dit que j'avais ton caractère...

Père : Je vous ai élevés ton frère et toi... je ne suis pas génétiquement votre père mais... (un temps) tu ne sais vraiment rien de ce que je te raconte ?

Fille : C'est un cauchemar... un cauchemar... non, je ne sais rien... pourquoi on ne m'a jamais rien dit... pourquoi ?

Père : Difficile et délicat d'entrer dans les détails mais je pense que tu as le droit de savoir... c'est la raison pour laquelle j'ai quitté votre mère... je pensais être votre père, vraiment. J'avais été trahi, que pouvais-je faire d'autre..?

Fille : Toutes ces années... sans savoir... à penser que tout était de ta faute... et maman qui n'a rien dit... jusqu'au bout... elle n'a rien dit...

Père : Il était sans doute préférable que vous n'en sachiez rien... pour elle... (un temps) désolé mais je ne suis pas "papa"... et ne serait pas "papy"...

Fille : Si ! Bien sûr que si, tu es papa... c'est toi qui m'as élevée... (un temps) un autre que toi... ? Ça n'a pas de sens... je ne sais même pas si je veux savoir qui il est... et s'il a vraiment existé...

Père : Ça c'est la vérité que ta mère a emportée avec elle... ta mère me détestait, tu sais... (un temps) je me suis souvent posé la question... et si ta mère avait tout inventé pour me faire souffrir... si tout ça était faux ?

Rocco

Un homme et une femme, dans un hangar.

Elle : Tu crois qu'il est mort ?

Lui : Je suis pas toubib moi... je sais pas, regarde, prends son pouls...

Elle : Ah non, j'y touche pas... il a l'air trop mort... putain, qu'est-ce qu'on va faire ? On est dans la merde...

Lui : Commence pas à paniquer... c'est bien les gonzesses ça... quand il faut se mouiller, y'a plus personne... bon laisse-moi faire... je vais regarder... (un temps) oh putain... y fout les boules ce con... (un temps) je ne trouve pas son pouls...

Elle : Putain il est mort... putain de merde, il est mort... (un temps) ahhhhhhhhh, il est mort !!! Qu'est-ce qu'on va faire ?!? On est dans la merde !! Faut que tu trouves une solution Rocco, faut que tu trouves une solution, et vite !! Parce que là, ils vont pas tarder à rappliquer et s'ils rappliquent, il va falloir leur expliquer pourquoi leur copain est mort... et là, on sera vraiment dans la merde parce que la vérité va pas leur faire plaisir, alors il faut vraiment que tu nous sortes de là Rocco !

Lui : Tu vas te calmer oui ?! On ne va pas s'en sortir si tu commences comme ça... d'abord, on tire toutes les traces de notre venue et ensuite on réfléchit à notre alibi... sors-moi des sacs poubelles et moi, je prends le... lui... l'autre là...

Elle : Mais t'es con ? Il ne rentrera jamais dans un sac poubelle !

Lui : Oh putain... on n'est pas sorti de l'auberge... on va le couper le gars... en morceaux... comme ça, ça rentrera...

Elle : Mais t'es dingue !?! On ne va pas découper un être humain ? On va tout dégueulasser... ça va être une vraie boucherie... ahhhh, je vais dégueuler...

Lui : Retiens-toi ou tu vas foutre ton ADN partout...

Elle : Mais putain si on découpe ton bonhomme, on va devoir tout nettoyer !! Alors c'est pas trois litres de vomi en plus qui vont nous faire peur ! Et puis, t'as qu'à le faire toi, après tout, c'est de ta faute tout ça, gros malin !

Lui : Ma faute ? MA FAUTE ? Il faut que je te rappelle qui a commencé ?! C'est pas toi qui as dit : "mon Rocco chéri... j'ai un p'tit service à te demander... c'est pour une copine... elle a un souci avec un gars qui lui réclame de l'argent." Je l'ai inventé ça peut être ?!

Elle : Ahhhh ! Mais est-ce que je t'ai dit : "mon Rocco chéri, peux-tu défoncer la gueule d'un mec à coup de batte de base-ball pour ma copine ? Parce qu'il est très embêtant, tu sais..." hein ?! Est-ce que je t'ai demandé ça ?! Espèce de gros dégénéré sans cervelle !! Tout dans le falzar, rien dans le ciboulot... tu crois que ça va arranger les problèmes de ma copine, ça ?! Espèce de taré... j'ai envie de pleurer tellement t'es con...

Lui : Calme-toi... calme-toi... bon, c'est vrai que j'ai réagi un peu fort mais l'autre, là, il m'a cherché... je suis allé le voir, pénard, et le gars, direct des menaces... voilà... j'ai suivi mon instinct... pas ma faute... si j'avais pas réagi... si ça se trouve, il sortait un flingue et il nous butait...

Elle : Tu rends souvent des visites "pénard" avec une batte de base-ball ? Il n'était même pas armé le gars... j'espère au moins que tu ne t'es pas trompé de mec, parce que là, avec la tronche défoncée comme ça, on ne saura jamais...

Lui : C'est vrai qu'avec sa tronche défoncée... (un temps) on n'a qu'à lui arracher les dents et on lui brûle ses empreintes...

personne pourra le reconnaître... on le cache derrière les cartons et on se casse... pénards !

Elle : Ah mais t'es vraiment un gros dégueulasse... (un temps) humm, tu sais que tu m'excites avec ta tête de méchant et tout ce sang partout sur tes fringues ?

Lui : Tu rigoles ?! Non mais, on reste concentré là bordel ! Bon, si on s'en sort sans problème, ce soir, je suis ton homme... tout ce que tu veux... et même plus... mais là, aide-moi plutôt à le pousser dans le coin...

Elle : Ohh, grand fou va !!! (elle fait un geste pour l'aider puis s'arrête) Je peux pas... je peux pas... tu vas vraiment faire ce que tu as dit... les dents et tout ça... parce que là, je vais vraiment gerber... qu'est-ce que je suis venue foutre dans cette galère, bordel... et si on se tirait vite fait ? Je suis pas à l'aise avec les cadavres qui ont la tronche défoncée... le prends pas pour toi hein... tu as sûrement fait ce que tu devais faire... mais si ça ne te dérange pas de finir de ranger tout seul... moi, je ne suis qu'une jeune femme innocente après tout... tu ne voudrais pas que j'ai des ennuis quand même, hein ? Tu m'aimes trop pour ça et tu ferais n'importe quoi pour me protéger, hein ?

Lui : Non... je vais pas ranger tout seul... et tu vas pas te défiler ma poule. Mais oui, je ferais n'importe quoi pour toi... c'est d'ailleurs ce que j'ai fait... n'importe quoi... maintenant... si tu veux, on peut l'enterrer discretos dans le parc ce soir ? C'est moins crado pour toi comme ça ?

Elle : Mais t'es vraiment un enfoiré !! Pourquoi tu veux me mêler à ça !? C'est toi le tueur, j'y suis pour rien moi... si je le touche, si je t'aide, je serais complice d'un meurtre ! Tu te rends compte ?! Si on se fait gauler, j'irai en taule de ta faute ! C'est ça que tu veux ?!

Lui : Tu te fous de moi ?!!! J'essaye de m'arranger pour trouver des solutions pour ne pas déranger Madame... et qui faut pas que ce soit crado... ni trop dégueu... ni à gerber... non mais, tu veux pas un Perrier citron et un Paris Match pendant que je fais tout le sale boulot ???

Elle : Mais c'est toi qui te fous de moi ?!? Tu me prends pour ta femme de ménage ? Monsieur te fout un bordel pas possible et après il lui faut un coup de main pour tout nettoyer ! Et comment que je veux un Perrier citron et un Paris Match ! Et au bord de la piscine, s'il vous plaît. J'suis une princesse, moi, Monsieur le dézingueur de mafieux ! J'mérite mieux que de ramasser des bouts de crâne de tête de con dans des hangars désaffectés ! Bordel, démerde-toi, j'me casse monsieur Rocco la grosse batte...

Lui : Une princesse ? Une princesse des bas

quartiers oui... une princesse du brushing meringue et de la Kro... si tu te casses maintenant, je laisse tes empreintes et j'efface les miennes et tu te démerdes avec les flics...

Elle : Bâtard d'enculé de merde, tu me ferais pas ça quand même ?! (un temps, se déplace dans la pièce, se parlant à elle-même) Et moi qui pensais que tu étais mon prince charmant... mon prince des banlieues... oh oui, sur ton scooter, dans le quartier, tu avais de l'allure... mon beau Rocco... (elle ramasse la batte et s'avance vers Rocco qui lui tourne le dos)

Lui : Il a bougé ! Putain j't'e jure, il a bougé !

Elle : Quoi !? Il n'est pas mort ?! Putain, tu l'as raté ! Mais t'es vraiment un naze... finis-le, qu'est-ce-que tu attends ?

Lui : Si tu le prends comme ça... débrouille-toi, cocotte ! Je me tire, moi ! T'as qu'à le finir toi-même si ça te fait plaisir !

Elle : Mais si tu te tires et qu'il est pas mort ce con... tu crois qu'il va se passer quoi ?! Tu crois que lui et ses potes, ils vont pas essayer de te retrouver ? Tu réfléchis à ça ou tu ne penses qu'avec ta bite et tes muscles ?

Lui : Tu te fous de moi ! Mais avec ce que je lui ai mis dans la tronche... ça m'étonnerait qu'il se souvienne de quoi que ce soit... ah, ah !

C'est pas tout ça... mais je pense qu'il est temps de se casser d'ici ! Bon, on va le boire ce verre ?

(on entend des voix dehors qui se rapprochent)

Elle : Putain, c'est quoi ce bordel encore ? Ils arrivent...

(une troisième voix) Rocco ! Rocco ! Tu es là ?

Putain... c'est qui ces mecs qui t'appellent ? Mais... mais... de quel côté tu es ?

(Rocco se saisit de la batte)

La Liberté

Deux hommes assis dans un café.

Un : La liberté, plus que jamais, j'en rêve !

Deux : L'idée est belle mais l'argumentaire est un peu léger !

Un : Des arguments ? Des arguments pour quoi ? Pour qui ? Pas besoin d'arguments... la liberté devrait être une évidence pour chacun... alors que... nous sommes tous prisonniers de quelque chose... nos gouvernements, nos crédits, nos métiers, nos congés payés, nos femmes, nos enfants...

Deux : Oh la ! Calme-toi l'ami ! T'as des soucis, toi, on dirait...

Un : Évidemment ! J'ai besoin de m'évader, ça devient vital. Je ne suis pas sûr de pouvoir rester comme ça encore longtemps... mais toi ? Tu sembles... si résigné...

Deux : Ce matin, on m'a téléphoné pour me proposer une assurance décès... tu te rends compte ? Une assurance décès... comme si le gars au téléphone me voyait déjà mort et enterré... je sais pas pourquoi, mais ça m'a fichu un coup...

Un : Fumier d'assureur ! Rien à vendre d'autres que des trucs "au cas où"... au cas où t'aurais pas lu les petites lignes en bas de la page, oui ! Fumier !

Deux : T'as raison ! Quelle bande de fumiers ! Après ce coup de fil, j'étais complètement abattu... je suis sorti, errer dans les rues, à la recherche d'un lieu accueillant... d'un refuge... je suis allé au café... et là, je l'ai vue...

Un : Au café !? Tu déconnes ?

Deux : Elle était accompagnée d'un mec... et ils avaient l'air de bien se connaître si tu vois ce que je veux dire... je me suis trouvé con... je suis resté là comme un con à ne pas savoir quoi faire...

Un : Putain, c'est pas vrai !

Deux : Comme elle ne m'avait pas vu, je me suis installé au bar pour essayer d'entendre leur conversation... j'ai pas vu le mec, il était de dos... mais au bout de trois whiskies, je m'étais mis minable et j'ai voulu aller lui dire ce que je pensais d'elle... j'avais préparé un truc dans ma tête... mais ça ne s'est pas passé comme prévu...

Un : Quoi ?! Mais qu'est-ce que t'as foutu ?

Deux : J'avais prévu une tirade du style : "tu sais pas ce que t'as perdu... j'avais des projets pour nous deux..." Mais à la place, je me suis dirigée vers elle et la seule chose qui est sortie, c'est "grosse pute"... et là, je ne sais pas ce qu'il s'est passé mais je me suis pris une droite en pleine gueule... quand j'ai repris connaissance, ils étaient partis tous les deux... je n'ai même pas vu sa tronche à l'autre con...

Un : Ah... tu ne l'as pas vu... bah... c'est... c'est dommage ça... je pensais que c'était pour ça que tu venais me voir... pourquoi t'es venu me voir alors ?

Deux : T'es mon pote, tu sais... y'a qu'à toi que je peux raconter ces choses là... c'est toi qui étais là quand elle m'a planté... qui m'a écouté, qui m'a soutenu... oh putain, je commence à jouer les sensibles maintenant... faut vraiment que j'me ressaisisse...

Un : Ah oui... tu te ramollies sévèrement... ça me fait plaisir de te voir... mais... tu n'as personne d'autre à qui te confier ? Parce que... ça devient gênant...

Deux : Gênant ? Pourquoi tu dis ça ? On s'est toujours tout dit toi et moi, non ? On en a vécu des histoires et des aventures ! T'étais pas le dernier avec les gonzesses, toi ! Toujours à charmer les filles ! Tombeur, va ! (un temps) Bon j'ai assez parlé de moi et de l'autre conne... donne-moi un peu de tes nouvelles...

t'as l'air en forme... tu me parlais de liberté... de t'évader... tout va bien pour toi au moins ?

Un : Oui, non... moi, tu sais... j'ai mûri... je vois les choses autrement maintenant... je trace ma route, quoi... je pense que je vais couper les ponts avec mon passé, prendre le large...

Deux : Qu'est-ce que tu me racontes ? Je ne comprends pas... couper les ponts avec ton passé ? Avec qui ? Avec quoi ? Y'a que moi qui connais ton passé ici ! Tu veux prendre le large... mais où ? Tu débloques ou quoi ?

Un : Je ne peux pas t'expliquer, pas ici... pas comme ça... t'es chiant avec tes questions bordel... faut que j'y aille là...

(se lève pour partir, s'éloigne un peu puis se retourne)

Excuse-moi pour ton œil... (s'en va)

Les bagages

Un homme, une femme, devant une maison.

Elle : Les bagages sont prêts !

Lui : Quoi ? Mais quels bagages... ? Tu me prends un peu au dépourvu...

Elle : Ah... pardon... j'avais compris que t'étais bien motivé, au taquet, quoi ! (un temps) Bon, je peux aller faire le plein le temps que tu boucles ta valise et je reviens te prendre ?

Lui : Attends... non... on va prendre ma voiture... je ne suis pas à l'aise quand je ne conduis pas...

Elle : Wouhou ! Mais comme tu veux ! Moi, ça me va ! On va se faire un road trip du feu de dieu, toi et moi ! Franchement, ça me fait trop plaisir !

Lui : (d'une voix hésitante et chevrotante) Oui... c'est cool ! youhou... on va où déjà..?

Elle : On va où le vent nous mène ! Un aller simple pour l'aventure ! C'est toi qui me l'as dit hier : "où tu veux quand tu veux !"

Lui : Ah oui, je t'ai dit ça... ah mais oui, mais peut-être qu'on ne s'est pas bien compris... quand tu veux où tu veux... prête pour une petite aventure... et tout, et tout... ça ne faisait pas référence au voyage... si tu vois ce que je veux dire ?!

Elle : Ah... mince... mais on y va quand même, hein ? Ce n'est pas grave si on s'est pas bien compris... moi je veux qu'on tente l'aventure... ça serait dommage quand même... j'ai passé la nuit à préparer mes bagages... j'ai même demandé un congé sans solde ce matin, et je suis passée dire au revoir à mes parents...

Lui : Euh... comment dire..? Tu t'es peut-être emballée un peu vite... j'ai un rendez-vous à Pôle Emploi ce matin... et je ne peux pas le rater, tu comprends... ils pourraient me sucrer mes allocations... alors, je ne peux pas partir comme ça sur un coup de tête... j'ai des obligations... mais... il s'est passé quoi au juste hier... ? Entre nous, je veux dire ?

Elle : Je ne sais pas quoi dire là... je suis hyper déçue tu vois... hier, c'est toi qui m'as abordée dans cette boîte. Bon, c'est vrai que je sors rarement mais là, j'ai vraiment senti une étincelle entre nous... tu m'as fait rêver quoi ! Pour moi, c'était du sérieux quand tu m'as dit que tu voulais explorer des horizons inconnus... alors, je t'ai dit ok, on s'retrouve demain et tu me montreras la septième merveille du monde comme tu m'as dit... alors, ce matin, quand j'suis passée chez Papa et Maman, je leur ai dit : "grande nouvelle, l'amour a frappé à ma porte, je vais vivre avec lui, pour la grande aventure de la vie". Et maman elle m'a donné la bague de sa mère... si on en a besoin quoi... tu vois... un coup de pouce pour les noces...

Lui : Oh putain... mais t'es pas bien dans ta tête toi ! J'étais bourré... je t'ai draguée... je m'en rappelle même pas... je pensais qu'on avait au moins couché ensemble pour que tu sois si accro... mais là, tu parles mariage et tout le bazar... hé, ho... on n'est pas chez les mormons ici... même si je n'ai rien contre les mormons... tout ce que je t'ai raconté hier, c'était des bobards, tu dois me croire... juste un truc de mec, en boîte, pour draguer les filles en boîtes... rien de sérieux... juste des trucs pour déconner et plus si affinités...

Elle : Mais enfin... je ne peux pas le croire... tu étais sincère quand tu m'as dit que j'étais belle comme la rosée du matin, que j'avais l'air bonne comme un macaron à la rose... je l'ai pas inventé ça quand même ! Ça ne s'invente pas ! Que tu aies bu ou non n'y change rien : tu l'as dit avec les sentiments d'un homme amoureux. Ah j'ai l'œil, je sais les reconnaître, moi, les hommes qui ont des sentiments. Encore l'autre jour à la télé, je l'ai dit à maman : "tu vas voir qu'il va tomber amoureux d'elle", et bien, ça n'a pas loupé... j'te jure...

Lui : Ben... j'ai peur que tu te sois trompée... ça peut arriver... désolé si j'ai été suffisamment bon pour te faire rêver hier... mais je pense que ta mère devrait t'interdire d'aller en boîte... tu vas y rencontrer que des mecs qui parlent d'Amour que pour... faire l'amour... sans amour... tu vois ce que je veux dire ?

Elle : Je suis déçue... tellement déçue... j'y croyais moi... et si je t'accompagne à ton rendez vous Pôle Emploi, on pourrait quand même le faire ce voyage ? Parce que moi, je ne me vois pas retourner chez mes parents pour leur dire la vérité... ils vont être si déçus... c'est eux qui m'ont dit d'aller en boîte pour trouver quelqu'un... ils m'ont dit qu'à mon âge, il fallait que je vole de mes propres ailes... que je n'allais pas continuer à passer mes soirées et mes week-ends avec eux...

Lui : J'ai une gueule de bois phénoménale... je ne suis pas l'homme de ta vie... en tout cas pas ce matin... et je ne suis pas prêt... pas du tout... et je vais être en retard à mon rendez-vous... alors si tu veux bien me laisser tranquille et qu'on en reste là, promis, je ne t'en voudrais pas.

Elle : Oui... oui... je comprends... ce que je te propose, c'est que tu ailles à ton rendez vous et moi pendant ce temps, je te prépare un petit repas simple et une décoction anti gueule de bois... je trouverais bien ce qu'il faut dans tes placards... comme ça, on pourra discuter à tête reposée de nos projets d'avenir... t'inquiète pas, tout va bien se passer à ton rendez vous !

Lui : Putain mais je ne suis pas inquiet pour mon rendez-vous, je suis inquiet de te voir encore là... t'es complètement dingue...!

Elle : Je sais bien que je ne ressemble peut-être pas aux femmes que tu as connues... mais comme dit maman, ce n'est pas parce qu'on est différent qu'on est bête ou moins bien ! Je pense au contraire que tu as de la chance d'être tombé sur moi... une femme prête à faire un bout de chemin avec toi, ce n'est pas beau ça ?! Allez... fonce ! Fais pas ton air renfrogné ! Je suis sûre que tu en as envie !

Lui : Allez, tu as raison, je fonce !! Plus jamais, plus jamais, je drague la première qui passe... je réfléchirai à trois fois avant de promettre la lune... t'es complètement frappadingue !! Je fonce, je fonce à mon rendez-vous Pôle Emploi et plus jamais on se revoit. Tu entends ? Plus jamais ! Heureusement que je t'ai pas baisée, tu aurais été complètement dingue de moi !! J'y vais, salut ! Heu, non... excuse-moi... adieu !! (il s'en va sans attendre de réponse)

Elle : (tout bas) Il va craquer... je sens bien qu'au plus profond de lui, il commence à m'aimer... faire semblant de détester l'autre alors qu'on l'aime passionnément, c'est vraiment un classique...

L'oubli

Une femme seule sur scène, une voix off pour le personnage masculin. Le plateau est dans la pénombre.

Lui : S'il vous plaît... ne m'oubliez pas...

Elle : Arrêtez... il n'y a pas d'autres solutions... vous le savez très bien.

Lui : C'est impossible... pas vous... vous êtes mon dernier espoir... faites quelque chose, je vous en supplie...

Elle : Je suis pieds et poings liés... nous sommes en guerre, vous comprenez ?

Lui : Non, non je ne comprends pas ! Qu'y puis-je ? Et qui suis-je pour vous ? Vous seule maintenez un quelconque souvenir de moi... si vous disparaissiez, je disparaîtrais avec vous... moi, vous, nous, nos souvenirs... tout... alors guerre ou pas, battez-vous ! Il n'y a plus que vous...

Elle : Me battre... me battre... j'ai pourtant l'impression de me battre à chaque instant... si je ne vous oublie pas, vous demeurerez un souvenir... un souvenir merveilleux, c'est vrai...

mais cela suffira-t-il à vous faire exister ?

Lui : Oh, il doit bien y avoir quelques photos, quelques lettres de nous... d'autres témoignages de mon existence... de notre existence... mais qui pour les trouver, les comprendre, les aimer...

Elle : Vous avez raison, je le sais... je ne veux pas vous abandonner mais j'ai si peur... peur du passé... peur de ce que nous avons laissé... peur de ce qui m'attend...

Lui : Peur du passé, peur de l'avenir... le temps est notre pire ennemi... la guerre n'est rien, un ennemi temporel qui nous fait basculer... mais le temps, le temps efface. (s'interrompt brusquement) Alors pitié, osez ! Osez, laisser ce présent ne plus vous appartenir...

Elle : J'en ai envie, je le souhaite si sincèrement. (un temps) J'ai tout garder... tout... je vous l'avoue, je n'ai pas pu m'en séparer... les lettres et les photos... du premier jour jusqu'au jour où... non, c'est trop dur ... je ne veux pas avoir le cœur brisé... une fois encore...

Lui : Mais je suis là... pourquoi cette angoisse soudaine...? Il n'y a que vous... vous seule... prenez ma main...

Elle : J'aimerais tant que vous me serriez

dans vos bras... vous êtes là mais si loin de moi... j'ai peur de devenir folle, à moins que je ne le sois déjà...

Lui : Encore cette peur... vous avez encore le choix... faites ce qu'il y a faire... et rejoignez-moi...

Elle : J'y ai pensé... mille fois, j'y ai pensé... mais ce que tu me demandes est si terrible... tout abandonner...

Lui : Vous me tutoyez... à nouveau...

Elle : Je n'avais même pas remarqué... c'est vrai... c'est comme si une barrière venait de céder... me rapprochant de vous... inexorablement...

Lui : Inexorablement... tu sais ce qu'il te reste à faire..

Elle : Inexorablement... oui... j'arrive...

Tables des matières

Préface	1
On s'connait ?	7
Le discours	11
3 jours	15
La fugue	23
Monde de fous	29
Brigitte	33
A l'œil	39
Ça cache quelque chose	43
L'insolent	48
Parfait	52
Les folles années	57
13 à table	63
Bonne fête Papa	70
Rocco	75
La Liberté	82
Les bagages	86
L'oubli	91

© 2020 Bonenfant Juliette, Rohart Pascal
Édition : BoD – Books on Demand, 12/14 rond-point des Champs-Élysées, 75008 Paris
Impression : BoD - Books on Demand, Norderstedt, Allemagne
ISBN : 9782322257126
Dépôt légal : novembre 2020

Couverture réalisée par Pascal Rohart, mai 2020